Irina Korschunow

Hilf, Hixe, hilf!

oder

Ein Auto ist kein Besenstiel

Bilder von
Astrid Maria Hübbe

rororo

Rowohlt

rororo rotfuchs

Herausgegeben von Renate Boldt und Gisela Krahl

Irina Korschunow, geboren und aufgewachsen in Stendal; studierte in München und Göttingen; lebt mit ihrer Familie in der Nähe Münchens. Mitarbeit bei Fernsehen (Drehbuch zu «Der Führerschein»), Funk und Presse. Zahlreiche Kinder- und Jugendbuchveröffentlichungen. Bei rotfuchs liegen vor: «Wenn ein Unugunu kommt» (Band 269) und «Gunnar spinnt» (Band 347/Für Leseanfänger in Großdruckschrift).

32.–36. Tausend Juni 1988

Die Personen in dieser Geschichte

Hixe	rund siebenhundert Jahre alt. Interessiert sich für Autos und bekommt vom Klauen Bauchschmerzen.
Der Oberhix	mindestens ebenso alt. Wird weich, wenn Hixe heult.
Herr Kreck	Telefonist und Familienvater. Mag nicht staubsaugen.
Frau Kreck	muß zuviel arbeiten und hat trotzdem nie Geld.
Bert Kreck	zwölf Jahre alt. Neugierig. Schließt eine seltsame Freundschaft.
Karl Quillinger, genannt das Walroß	handelt mit gebrauchten Autos. Außerdem Hausbesitzer.
Frau Quillinger	hält ihren Mann für einen guten Menschen.
Ein Fahrlehrer	muß einer unmöglichen Person das Fahren beibringen.
Ein Fahrprüfer	muß an seinem Verstand zweifeln.

Polizisten, Nachtwächter, Bewohner des Hauses Neuburger Straße 72 und viele andere.

Ferner spielt eine wichtige Rolle der *Hixenplan*

Hixenplan für
Hixen, Ober- und Unterhixen

1. Hixen, Ober- und Unterhixen können sich mittels «hix» alles hixen, was zum dringenden Hixenbedarf gehört. Für den Erfolg wird garantiert.

2. Hixen, Ober- und Unterhixen können sich mittels «hix» unsichtbar machen. Für den Erfolg wird garantiert.

3. Hixen, Ober- und Unterhixen können mittels «hix» jede beliebige Gestalt annehmen. Für den Erfolg wird garantiert.

4. Hixen, Ober- und Unterhixen ist der Versuch freigestellt, mittels «hix» auch das zu hixen, was nicht zum dringenden Hixenbedarf gehört. Für den Erfolg wird *nicht* garantiert. *Vorsicht!*

1. Kapitel

in welchem Hixes Beine im Waldsee baumeln und die Geschichte anfängt

Hixe saß am Waldsee. Sie saß dort mit ihrem Zottelgesicht und den beiden riesigen, schwarzen Schneidezähnen, mit dem rotweiß gepunkteten Rock und dem Besen in der Hand und ließ die Beine im Wasser baumeln. Es war ein warmer Sommerabend. Über dem Wald schien der Mond. Rund und gelb stand er am Himmel, ein saftiger Sommervollmond. Hixe sah ihn an und murmelte: «Was meinst du, liegt das Meer der Stille rechts oder links von der Nase?»
«Welche Nase?» gähnte der Oberhix. Er räkelte sich unter seiner Lieblingstanne und war nicht zu einem Gespräch aufgelegt.
«Die Nase vom Mann im Mond. Was wir früher die Nase genannt haben. Es ist natürlich keine Nase. Es sind Mondgebirge. Und die Täler daneben heißen Meere. Meer der Stille, Meer der Heiterkeit, Meer . . .»
«Halt die Klappe», gähnte der Oberhix. «Rede nicht von Sachen, die du nicht verstehst.»
«Nicht verstehen?» Hixe sprang empört auf. «Erstens habe ich

heute einen Vortrag darüber im Fernsehen gehört, und zweitens kann ich lesen. Da!»
Sie holte eine Zeitung aus ihrer Rocktasche und hielt sie dem Oberhix unter die Knollennase. «Schon wieder Astronauten auf dem Mond, steht hier groß und dick. Landung im Meer der Stille. Und das da, das ist die Mondkarte.»
«Laß mich in Ruhe», gähnte der Oberhix. «Untressurt mich nicht.»
«Weil du nicht lesen kannst», sagte Hixe spöttisch. «Und außerdem heißt es nicht untressurt, sondern in-ter-es-siert.»
Der Oberhix zog den Gürtel von seinem neuen lila Bademantel fester um den Bauch. «Untressurt mich auch nicht», grunzte er. «Aber was mich untressurt, ist der Respekt, den du mir schuldest. Schließlich bin ich immer noch dein Oberhix.»
Er versuchte, möglichst grimmig auszusehen. Doch Hixe wußte, daß er keiner Fliege etwas zuleide tun konnte, am allerwenigsten ihr selbst. «Okay, okay», murmelte sie. «Ich dachte ja nur . . .»
«Du dachtest!» unterbrach sie der Oberhix, «du dachtest, weil du bei den Menschen lesen und schreiben gelernt hast, darfst du dir Unverschämtheiten erlauben. Ein für allemal: Ob eine Hixe lesen kann und okay sagt und menschlichen Firlefanz treibt, spielt absilut – ich wiederhole: absilut keine Rolle. Wichtig ist nur der Respekt vor ihrem Oberhix. Kupiert?»
Der Oberhix sagte «absilut» und «kupiert», denn er hatte ebenfalls dies und jenes von den Menschen aufgeschnappt, nur falsch. Hixe war solche Schlamperei zuwider. Was Hixe tat, tat sie gründlich. Seitdem die Stadt näher an den Wald herangerückt war, hatte sie, unsichtbar natürlich, das Tun und Treiben der Menschen erforscht, in Wohnzimmern, auf Straßen und Plätzen, in Kaufhäusern, ja sogar im Kino. Und dann, als Höhepunkt, hatte sie den Entschluß gefaßt, zur Schule zu gehen. Jeden Morgen von acht bis zwölf! Zum Glück besaß sie trotz ihrer fast siebenhundert Jahre eine rasche Auffassungsgabe. Nicht nur sämtliche Lieblingsworte der Kinder von Armleuchter bis Zimtzicke hatte sie im Nu gelernt, sondern auch schrei-

ben, lesen und rechnen, den ganzen Stoff der Klassen eins bis vier. Nach Hixes Meinung reichte das. Sie hatte genug von der Schule. Sie wollte nicht mehr an warmen Sommertagen in der Klasse herumhocken, sie wollte keine Hausaufgaben mehr machen, sie wollte keine Hefte, Kugelschreiber und dergleichen mehr klauen*.

Es war Hixe nämlich nicht gelungen, diese Artikel zu hixen. Überhaupt gab es neuerdings ständig Ärger mit der Hixerei, nicht nur für sie, sondern für alle Hixen, Ober- und Unterhixen. Die Begegnung mit der Stadt hatte Wünsche bei ihnen geweckt, die oft weit über das hinausgingen, was laut Hixenplan zum dringenden Hixenbedarf gehörte und durch «hix» beschafft werden konnte. Zur Zeit wußte niemand genau, wann und wo es mit so einem «hix» klappte oder nicht. Den Oberhix bekümmerte das nicht sonderlich. Was er nicht hixen konnte, klaute er – wie zum Beispiel den lila Bademantel. Er hatte ihn erst gestern aus dem Kaufhaus mitgebracht und trug ihn ohne Hemmungen.

Was jedoch Hixe betraf – Hixe bekam vom Klauen unweigerlich Bauchschmerzen. Auch jetzt, als sie am Waldsee saß, kniff und piekte es, nur wegen der Kleinigkeit von Zeitung, die sie im Vorbeigehen mitgenommen hatte. Aber ohne Zeitung gefiel ihr das Leben nicht mehr, und so biß sie die Zähne zusammen und wandte sich wieder dem Artikel über die Astronauten zu. Doch auch diesmal kam sie nicht weit. Auf der zweiten Seite blieb ihr Blick an einem Foto hängen. Es zeigte ein Mädchen mit langen blonden Haaren, lässig an einen weißen Sportwagen gelehnt.

«Dufte!» rief Hixe. (Dufte gehörte zu ihren Lieblingsworten. Sogar den Oberhix hatte sie schon damit angesteckt.) «Dufte!» Und plötzlich wußte sie, was sie haben wollte: Ein Auto!

* Anmerkung: Das Wort «klauen» hatte Hixe von den Kindern aufgeschnappt. In der Hixensprache war es bisher unbekannt, ebenso wie das feinere «stehlen». Hixen, Ober- und Unterhixen nehmen sich gegenseitig nichts weg und haben deshalb diese Worte nicht nötig.

Merkwürdig, daß sie bis jetzt nicht darauf gekommen war. Tag für Tag hatte sie sich in der Stadt herumgetrieben, Tag für Tag zahllose Autos dahinrollen sehen. Und erst heute wurde ihr klar, wie sehr sie sich so ein blitzendes, rasendes, hupendes Ding wünschte. Sie wollte am Steuer sitzen und fahren. Durch Straßen fahren, um Ecken und Plätze herumfahren, sogar über die Autobahn!

«Hui! Hui!» kreischte Hixe. Dieses Schrei stieß sie üblicherweise nur dann aus, wenn sie mit ihrem Besen startete. Der Oberhix, der wieder eingeschlafen war, machte ein Auge auf und grunzte: «Willst du weg?»

«Noch nicht», sagte Hixe. «Ich will erst ein Auto hixen. Ein weißes Auto mit Scheinwerfern und mit – jawohl, mit roten Sitzen! So eins wie hier auf dem Bild. Aber wahrscheinlich klappt es nicht.»

«Weißes Auto?» gähnte der Oberhix. «Total plemplem!»

Hixe schloß die Augen und stellte sich das weiße Auto vor. Mit zwei tiefen Atemzügen holte sie Luft zu einem gewaltigen Rülpser, machte »hix» – und das Auto stand da: ein weißer Wagen mit roten Sitzen!

Hixe starrte ihn verblüfft an. «Es hat geklappt!» rief sie. «Das soll nun einer begreifen. Dieser komische Hixenplan! Ein Auto! Sogar mit roten Sitzen! Manchmal könnte man denken, je dicker der Rülpser, um so größer die Wirkung. Ein echtes Auto zum Spazierenfahren!»

«Alles Blödsinn», grunzte der Oberhix. «Fahr mit deinem Besen spazieren. Ein Auto ist unhixisch. Und unpraktisch im Wald.»

«Ich will ja auch nicht im Wald damit spazierenfahren», erklärte Hixe. «Ich will in die Stadt. Alle Leute sollen sehen, was für eine tolle Kiste ich habe!»

Der Oberhix verschluckte sich vor Schreck. «Willst du – willst du etwa sichtbar in die Stadt?»

«Klar!» Hixe grinste so breit, daß ihre schwarzen Schneidezähne wie zwei Messerspitzen aus dem Mund stießen. «Was nützt mir ein unsichtbares Auto? Verbibst noch mal, das wird eine

Schau!» Sie holte ihren großen Spiegel aus dem Gebüsch, lehnte sich gegen den Kotflügel – und schüttelte gleich darauf den Kopf.
«Es geht nicht. Es geht wirklich nicht. Der Wagen und ich, wir passen nicht zusammen. Meine Zähne – die Zotteln – dieser Rock . . .»
«Na also», grunzte der Oberhix. «Gib's auf! Es ist sowieso verboten, daß eine Hixe sich den Menschen zeigt.»
«Aufgeben?» Hixe schnaubte entrüstet. «Ich denke ja nicht

daran. Wozu können Hixen sich in eine andere Gestalt verwandeln?»
Sie nahm noch einmal die Zeitung zur Hand, prägte sich das blonde Mädchen auf dem Foto ein, holte Luft und machte hix.
«Dufte!» rief der Oberhix im gleichen Moment. Denn vor ihm stand eine junge Dame mit wallendem Blondhaar, einer langen, himmelblauen Hose und einer blauweißgestreiften Bluse.
«Na, passe ich jetzt zu meinem Auto?» fragte sie und strahlte das Spiegelbild an.
«Dufte!» wiederholte der Oberhix. «Hixe, so schön warst du noch nie. Das müssen wir feiern.» Er legte den Kopf schief, rollte verzückt die Augen und hixte einen echten Oberhix-Festschmaus zusammen. Hixe ließ sich die Gelegenheit nicht entgehen. Sie aß so viele Leckerbissen und trank so viel Wein, daß sie zuerst kichern mußte und dann plötzlich müde wurde. Mitten im Essen, Trinken und Kichern schlief sie ein. Die Arme unter dem Kopf verschränkt, lag sie zwischen den Bäumen, und ihre blonden Haare schimmerten im Mondlicht.
«So eine schöne Hixe», gähnte der Oberhix. «So eine schöne . . .» Mitten im Satz fielen ihm die Augen zu. Auch der Oberhix schlief.

2. Kapitel

in welchem Hixe auf Reisen geht
und ein Polizist zu singen beginnt

Am nächsten Morgen wurde Hixe von einer zeternden Drossel aus dem Schlaf geholt. Ihr erster Blick traf den Spiegel. «Nanu, wer ist denn das?» rief sie und weckte den Oberhix. Er gähnte und grunzte, rieb sich die Augen, lächelte verzückt und murmelte: «Das bist doch du! Dufte!»

«Ich?» Hixe sah ungläubig das blondmähnige Geschöpf im Spiegel an. Dann fiel es ihr wieder ein: die Zeitung, ihre Verwandlung, das Festessen und vor allem das Auto. Das weiße Auto mit den roten Sitzen! Es glänzte und blitzte in der Morgensonne, und Hixe sprang auf und setzte sich hinein. «Ich fahre in die Stadt! Sofort!»

«Du bleibst hier», gähnte der Oberhix. «Du bist so schön, ich will dich immerzu angucken. Deine Haare! Deine Nase! Alles!»

«Oberhix», bettelte Hixe, «Oberhix, was hast du davon, wenn ich traurig bin?»

«Mir egal. Du bleibst hier. Ich, dein Oberhix, will es so.»

«Ich aber nicht.» Hixe begann auf die Tränendrüsen zu drükken – ein erprobtes Mittel! «Ich will in die Stadt! Ich will Auto fahren! Mein – mein – schönes wei-wei-weißes Auto», heulte sie, und der Oberhix, der keine Tränen ertragen konnte, wurde weich wie verregnete Pappe.
«Hör auf zu flennen!» grunzte er. «Verschwinde von mir aus! Aber komm heute abend zurück!»
«Bestimmt», rief Hixe und sprang noch einmal aus dem Auto, um ihren Besen auf dem Rücksitz zu verstauen. Ohne Besen macht sich eine Hixe nie auf den Weg, auch nicht, wenn sie ein Auto hat. Sie setzte sich ans Steuer, machte hix – und das Auto fuhr davon. Das heißt, es fuhr nicht, es flog! Um aus dem Wald herauszukommen, mußte es sich in die Luft erheben, für ein gehixtes Auto eine Kleinigkeit.
Am Waldrand, wo die Straße zur Stadt entlanglief, landete es. Weit und breit war kein Mensch zu sehen. Hixe konnte losfahren. Sie fuhr nach folgender Methode: Beim Anfahren machte sie hix, beim Überholen, Ausweichen und Abbiegen machte sie hix, beim Anhalten machte sie ebenfalls hix. Es war ganz einfach, und es machte Spaß. Das Verdeck stand offen, Hixes blonde Haare wehten im Wind. Nur, daß sie ihr dauernd über die Augen fielen, fand sie lästig. Vergnügt surrte sie in die Welt hinein, und sicher hätte sie die Stadt ohne Schwierigkeiten erreicht, wenn nicht zufällig an diesem Morgen ein Bankraub verübt worden wäre. Die beiden Gangster waren mit einem Koffer voll Geld verschwunden, und alle Straßen der Umgebung wurden von Polizeiposten bewacht. Hixe sah sie schon von weitem – zwei Polizisten, die mitten auf der Fahrbahn eine rote Scheibe in die Höhe hielten. STOP stand darauf.
Was STOP bedeutete, wußte Hixe. «Hix», machte sie, und mit einem Ruck kam ihr Wagen vor den Polizisten zum Stehen.
Es waren junge Männer, Polizeianfänger sozusagen.
«Toller Schlitten», sagte der eine anerkennend. «Der hat vielleicht Bremsen. Ja, ja, diese Bonzen mit ihren Luxusdingern.»
Während sein Kollege weiter die Straße im Auge behielt, ging

er an das Auto heran und wollte «Papiere bitte» sagen. Da sah er, wer in dem Wagen saß.
«Peggy Pong!» rief er. «Schorsch, guck mal, das ist ja Peggy Pong!»
Sein Kollege kam angerannt. «Peggy Pong», murmelte er ungläubig.
«Tatsächlich!» Und was jetzt passierte, hätte auf keinen Fall passieren dürfen: Die beiden jungen Polizisten vergaßen, weshalb sie an der Straße standen. Sie waren plötzlich nur noch Peggy-Pong-Fans. «Ein Autogramm, Peggy!» riefen sie. «Ein Autogramm», und derjenige, der eigentlich die Straße bewachen sollte, fing an, den neuesten Peggy-Pong-Hit zu singen. «Babybabyduby, babybabyduby, Liebeliebeliebe ist so schön», sang er und zuckte mit Armen und Beinen.
Hixe geriet aus der Fassung. Die zwei haben den Verstand verloren, dachte sie. Peggy Pong – Autogramm – verflixt noch mal, ich verstehe immer bloß Bahnhof. Denn Hixe hatte zwar lesen gelernt und Redensarten wie «Ich verstehe immer bloß Bahnhof» aufgeschnappt. Aber daß Peggy Pong zur Zeit der berühmteste Schlagerstar war, wußte sie nicht.
«Was meinen Sie eigentlich mit dieser blöden Peggy Pong?» fragte sie. «Und was ist Autogramm? Sitzt es vorn am Auto oder hinten?»
Der singende Polizist klappte überrascht seinen Mund zu, und der andere sagte: «Aber Peggy, tu doch nicht so!»
«Verflixt noch mal, ich tu nicht so», rief Hixe ärgerlich. «Ich . . .»
In diesem Moment pfiff ein Wagen vorbei. Die Polizisten sprangen mit ihren Stoppschildern vor – zu spät.
«Verdammt», zischte der eine. «Wir haben nicht aufgepaßt. Wenn nun . . .!»
«Bestimmt nicht», beruhigte ihn der andere. «Das wäre Zufall.»
Trotzdem, niemand konnte wissen, ob nicht doch die Bankräuber in dem Wagen gesessen hatten, und der Schreck machte die Polizisten wieder zu pflichtbewußten Beamten.

«Ihre Papiere bitte», sagte der eine in korrektem Polizistenton.
Hixe hatte gerade vorgehabt, weiterzufahren. «Was für Papiere?» brummte sie ungeduldig.
«Führerschein, Kraftfahrzeugschein. Das wissen Sie doch.»
«Führerschein? Was ist das?»
So etwas war dem Polizisten noch nicht vorgekommen.
«Also, Fräulein Pong», fing er an, wurde jedoch von seinem Kollegen unterbrochen. «Du, die hat keine TÜV-Plakette! Und das Nummernschild sieht so komisch aus. Und – Mensch, ich werd verrückt! – unter der Motorhaube . . .» Der Polizist ächzte verzweifelt. Denn was er sah, war so unglaublich, daß er es nicht glauben konnte. Die Motorhaube ließ sich nicht nur ohne weiteres aufklappen – es saß auch kein Motor darunter. Nichts war da, einfach nichts.
Im nächsten Moment war auch Hixe verschwunden. Zusammen mit ihrem Auto flog sie unsichtbar davon.
Die beiden Polizisten standen da und starrten auf die leere Straße. «Ich werd' verrückt», murmelt der eine vor sich hin, bis der andere schrie: «Halt die Schnauze, wahrscheinlich sind wir es schon!»
In ihrer Verwirrung ließen sie mindestens zehn Wagen vorüberfahren. Erst dann versuchten sie, sich zu fassen. Und weil sie sich ihr gespenstisches Erlebnis nicht erklären konnten, beschlossen sie, daß es nicht stattgefunden hatte. Kein weißes Auto ohne Motor, keine Peggy Pong, die zu Luft geworden war. Sie hatten auf ihrem Posten gestanden, jedes Auto vorschriftsmäßig kontrolliert und leider keine Bankräuber entdeckt. Schluß. Punktum. Die Sache war erledigt.
Für die Polizisten jedenfalls, wenn auch nicht für Hixe. Während sie mit ihrem Auto durch die Luft sauste, überlegte sie, was sie tun sollte. In den Wald zurückfliegen? Den weißen Wagen vergessen? Nein, das kam nicht in Frage. Schräg unter sich sah sie einen Weg, der quer durch die Felder auf die Stadt zuführte. Sie beschloß, einen zweiten Landeversuch zu unternehmen.
Genau der richtige Platz, dachte sie. Kein anderes Auto in der Nähe – da sieht mich niemand. Es wird schon gutgehen.

3. Kapitel

in welchem Hixe einen Menschen trifft und es mit dem Geld nicht klappen will

Am frühen Morgen dieses Tages, zur gleichen Zeit etwa, als Hixe durch Drosselgeschrei geweckt wurde, bekam Bert Kreck eine Ohrfeige von seiner Mutter. Eine Ohrfeige, die knallte.

«Au», sagte er und hielt sich die Backe. «Du, das ist unmodern.»

Frau Kreck hob die Hand. «Von mir aus. Aber wenn du noch mal Meckerjule zu mir sagst, fängst du wieder eine. Unmodern!»

«Ich hab's aber gelesen», sagte Bert. «Wenn man Kinder prügelt, erzieht man Leute, die bloß darauf warten, andere zu prügeln. Solche brutalen Typen. Soll ich etwa ein brutaler Typ werden?»

Frau Kreck antwortete nicht. Schweigend räumte sie den Frühstückstisch ab. Das Geschirr klapperte, als sie es hastig in der Spüle zusammenstellte.

«Ich nehm's dir ja nicht übel», sagte Bert. «Das kommt bloß, weil du so mit den Nerven runter bist von der vielen Arbeit. Mann, warum mußt du bloß jeden Tag in das Mistkaufhaus gehen?»

Diese Frage war überflüssig. Bert wußte genau, daß seiner Mutter nichts anderes übrigblieb. Es war eine einfache Rechnung: Sein Vater hatte früher als Elektriker gut verdient. Aber durch einen Unfall hatte er die linke Hand verloren, deshalb war er Telefonist bei der Stadtverwaltung geworden. Die neunhundert Mark, die er dort bekam, reichten nicht hin und nicht her, vor allem wegen der teuren Miete. Früher hatten Krecks in zwei winzigen Zimmern gehaust. Aber nach der Geburt der kleinen Gaby traten sich alle gegenseitig auf die Füße, und alle waren unzufrieden. Die Mutter wollte endlich ein hübsches Wohnzimmer haben wie ihre Bekannten, der Vater schimpfte über das ewige Bettenbauen, Bert fand nirgendwo Ruhe, um seine Schulaufgaben zu machen und zu basteln. So waren sie schließlich umgezogen, in eine Neubauwohnung, drei Zimmer, Küche, Bad, neunundsechzig Quadratmeter im ganzen, und jeder Quadratmeter kostete sechs Mark fünfzig. Es war das Billigste, was sie finden konnten. Vierhundertachtundvierzig Mark Miete – und dann kam der Unfall.

Trotzdem wollte Frau Kreck die Wohnung auf jeden Fall behalten. «Ich mag nicht wieder in solchem engen Loch wohnen», hatte sie gesagt. «Ich gehe arbeiten, wenigstens halbtags. Dann können wir auch noch die Möbel vollends abbezahlen. Das neue Kaufhaus sucht Packerinnen. Gaby könnte ich in die Kinderkrippe bringen, und Bert muß mir eben ein bißchen helfen. Dafür hat er ja auch sein eigenes Zimmer.»

«Klar!» Bert war einverstanden gewesen. «Wir bleiben hier. Ist doch ganz einfach.»

Aber so einfach lief es dann doch nicht, das merkte Bert jeden Tag. Seine Mutter war nicht ganz gesund, und die viele Arbeit wuchs ihr über den Kopf. Bis zwei Uhr nachmittags stand sie im Kaufhaus, danach ging es zu Hause von vorn los. «Ich bin so mit den Nerven runter», sagte sie, wenn sie wieder einmal unnötig herumgeschimpft hatte. Doch nachträglich nützte das auch nichts. Bert fand, daß er eine Menge im Haushalt tat. Er wusch ab, kaufte ein, er machte sein Bett, er reparierte, was kaputt war – nicht gern, aber er tat es wenigstens. Der Vater dagegen verkroch sich hinter seiner Zeitung oder in dem Fernsehsessel, der immer noch nicht abbezahlt war. Wenn die Mutter fragte, ob er nicht staubsaugen könnte, wurde er ärgerlich. Er mit seiner einen Hand! Überhaupt, Frauenarbeit! Nein, soweit sei es mit ihm noch nicht gekommen. Und schon war der Krach da.

Bert konnte das nicht begreifen. Warum sollte ein Mann nicht staubsaugen? Aber so waren sie, die Erwachsenen. Bert hatte nicht nur seinetwegen, sondern auch wegen des Vaters ein schlechtes Gewissen. Das war der Grund, weswegen er an diesem Morgen die Ohrfeige nicht übelnahm.

«Ich hole jetzt die Kleine und fahre zur Arbeit», sagte Frau Kreck. «Was hast du denn vor?»
Bert überlegte. Diese Ferien fand er jeden Tag langweiliger. Seine Freunde waren verreist, weit und breit gab es keinen Spielplatz, im Stadtpark war außer Spazierengehen nichts erlaubt, unten auf dem Hof durfte man nicht herumtoben, die Badeanstalt war wegen irgendwelcher Bazillen geschlossen worden.
«Ich kann ja mit dem Rad an den See fahren», meinte er.
«So weit?» fragte seine Mutter besorgt. «Hoffentlich passiert dir nichts.»
«Irgendwas muß ich doch tun», sagte Bert, und dabei dachte er: Ein bißchen kann ruhig passieren. Vielleicht erlebe ich endlich mal irgendwas.
Und so ging es los.
Es fing damit an, daß Berts Hinterreifen platzte, gleich, nachdem er draußen in den Feldern war. «Mist», sagte er laut und schob sein Rad hinter einen schattigen Baum. Gerade wollte er das Flickzeug aus der Satteltasche holen, da gab es einen dumpfen Knall, so, als ob irgend etwas Schweres auf den Weg fiele.
Nanu, dachte Bert, hier ist doch niemand – und im gleichen Augenblick stand ein weißes Auto auf dem Weg. Wie aus dem Nichts gewachsen.
Bert rieb sich die Augen. Das konnte nicht wahr sein! «Mich haut's um», rief er und ließ vor Schreck einen Schraubenschlüssel fallen.
Er war nicht der einzige, der einen Schreck bekam. Hixe ging es genauso. Sie vergaß sogar, sich wieder unsichtbar zu machen. Mit aufgerissenen Augen starrte sie Bert an. Keiner von beiden rührte sich.
Nach einer Weile begann Bert sich halb ängstlich, halb neugierig an den weißen Wagen heranzuschieben. «Mann», murmelte er, «wenn die nicht wie Peggy Pong aussieht . . .»
Hixe beobachtete ihn. Sie sah, wie sich sein Schreck langsam in Staunen verwandelte und auf seiner Stirn zwei senkrechte Falten erschienen. Seine Zunge begann, von einem Mundwinkel

zum anderen zu fahren. Er machte ein Gesicht wie jemand, der entschlossen ist, einer geheimnisvollen Sache auf den Grund zu gehen. Hixe, die selbst gern jeder Sache auf den Grund ging, gefiel das. Sie überlegte, ob sie diesen Menschenjungen ins Vertrauen ziehen sollte.

«Wer, verbibst noch mal, ist eigentlich Peggy Pong?» fragte sie, worauf Bert erst einmal die Tatsache schlucken mußte, daß die Erscheinung vor ihm sprechen konnte.

«Solche – solche komische Musikbiene», stammelte er. «Singt auf Platten und im Radio und Fernsehen. Ich finde sie zickig. Wieso sehen Sie – siehst du denn aus wie Peggy Pong?»

Er duzte sie, weil er sie für eine Art Gespenst hielt. Hixe fand das in Ordnung. Zu ihr hatte noch nie jemand «Sie» gesagt. «Ich habe ihr Bild in der Zeitung gesehen», erklärte sie. «Zusammen mit dem Auto. Und da habe ich ihre Gestalt angenommen. Ich bin nämlich» – und damit übertrat sie schon wieder ein striktes Hixengebot – «ich bin nämlich eine Hixe.»

«Eine was?»
Als Hixe sah, daß der Junge ein Gesicht machte wie der Oberhix wenn es donnert, beschloß sie, ihm alles klipp und klar zu erzählen: Vom Hixenleben und vom Hixenplan, von ihrer Schulzeit, von ihrer Autosehnsucht, ihrer Verwandlung und der Begegnung mit dem Polizisten.
«‹Kein Motor!› haben sie gerufen. Motor! Was ist das überhaupt?»
Der Junge ging zu dem Wagen und öffnete die Motorhaube. «Stimmt», sagte er beklommen. «Kein Motor, kein Getriebe, nichts. Und da – kein Gaspedal, keine Kupplung, keine Bremsen. Wie fährt denn dieses Ding bloß?»
«Mit hix», meldete Hixe wahrheitsgemäß, was den Jungen erst einmal für eine Weile verstummen ließ.
«Mann», ächzte er schließlich. «Mann, das ist . . .! Also, wenn ich es nicht selbst gesehen hätte . . .» Er starrte Hixe ungläubig in das Peggy-Pong-Gesicht. «Könntest du vielleicht noch einmal verschwinden? Ich will wissen, ob . . .»
Hix, machte Hixe, und weg war sie, mitsamt ihrem Auto. Bert blickte auf den leeren Weg. «Komm wieder», rief er, und da stand der weiße Wagen, mit der grinsenden Hixe am Steuer. Das heißt, sie grinste nicht, sie lächelte. «Gut, was? Das könnt ihr Menschen nicht. Wie heißt du eigentlich?»
«Ich? Ich heiße Bert Kreck. Und du? Hast du einen Namen?»
«Hixe. Einfach Hixe.»
«Hixe?» Bert setzte sich in einen Baumschatten. Nachdem er sich von seinem Schreck erholt hatte, konnte er wieder klar denken. «Hixe reicht nicht. Wenn du in die Stadt willst, muß du einen richtigen Namen haben. Aber nicht Peggy Pong, die kennt jeder. Und dein schickes Auto kannst du gleich hierlassen. Mann, wenn du damit in den Berufsverkehr kommst! Nach fünf Minuten kracht es, und du hast die Polizei auf dem Hals.»
«Aber ich will doch Auto fahren!» rief Hixe.
Sie sah Bert so flehend an, als habe er ein Patentrezept in der

Tasche. «Du bist doch ein Mensch! Du weißt doch Bescheid. Was soll ich tun?»

Bert überlegte. «Wenn du Auto fahren willst», begann er, «brauchst du erstens einen vernünftigen Wagen und zweitens einen Führerschein. Und einen Führerschein bekommst du bloß, wenn du einen Namen hast und einen Ausweis und wenn du irgendwo wohnst und Geld verdienst wie jeder normale Mensch. Und wie willst du das anstellen?»

Ausweis? Führerschein? In Hixes Kopf wirbelten die Worte durcheinander. Dreimal mußte Bert mit seinen Erklärungen von vorn anfangen – dann erst begriff sie, was dazugehört, um in einer Stadt zu wohnen und Auto zu fahren.

«Einen Führerschein könnte ich vielleicht hixen», jammerte sie. «Möglich, daß es klappt. Aber richtig Auto fahren – mit einem Menschenauto – – nein, das bringt die beste Hixerei nicht zustande. Was soll ich bloß tun, verbibst noch mal?»

«Den Führerschein machen», schlug Bert vor. «Warum eigentlich nicht? Die blödesten Leute tun das.»

«Ich bin nicht blöde», sagte Hixe gekränkt. «Ich habe als einzige Hixe lesen und schreiben und rechnen gelernt. Den Führerschein schaffe ich auch, das wirst du sehen.»

«Aber das Geld dafür, wo nimmst du das her? Und den Ausweis? Und einen festen Wohnsitz?»

Was ein fester Wohnsitz ist, hatte Hixe inzwischen verstanden, und sie überlegte, ob sie sich einen hixen könne. Ein nettes, kleines Häuschen irgendwo auf einem freien Grundstück. Doch Bert lachte nur darüber.

«Hast du eine Ahnung! Jedes freie Grundstück gehört irgendwem. Und der wird schon dafür sorgen, daß dein Häuschen verschwindet.»

«Kapier ich nicht», sagte Hixe. «Bei uns im Wald gehört nichts irgendeiner einzelnen Hixe oder einem Oberhix. Aber bei euch sind ja sogar die Seen eingezäunt! Ich habe selbst gesehen, wie ein Mann einen anderen Mann und seine Kinder weggejagt hat, als sie baden wollten. Merkwürdige Sitten.»

«Das ist nun mal so», meinte Bert.

Hixe tippte sich an die Stirn. «Bitte, wenn es dir gefällt.»
«Mir?» rief Bert. «Mir gefällt das überhaupt nicht. Aber ich bin doch bloß ein Junge. Und jetzt wollen wir endlich anfangen. Also, für den Führerschein brauchst du Geld. Kannst du Geld hixen?»
Er fingerte aus der Hosentasche ein paar Münzen heraus und legte sie auf seine flache Hand. Hixe betrachtete sie, und ihr wurde unbehaglich zumute. Sie erinnerte sich an so manches Geldgespräch, dem sie in den Menschenhäusern gelauscht hatte, an so manchen Streit, der dabei ausgebrochen war. Neulich erst hatten sich ein Mann und eine Frau beinahe bis aufs Blut gezankt, weil sie verreisen wollte und er dagegen war. «Wir haben kein Geld», hatte er geschrien, und sie hatte zurückgeschrien: «Weil du es nicht verstehst, Geld zu verdienen, du Nichtskönner, du Versager, du lächerliche Flöte.» Und die schrecklichen Dinge, von denen Hixe fast jeden Tag in der Zeitung las: Betrügereien, Überfälle, Morde! Fast immer steckte Geld dahinter. Offenbar gab es Menschen, die bereit waren, ihre Großmutter zu erschlagen, um ein paar Mark zu ergattern. Bei Hixen, Ober- und Unterhixen war dergleichen nicht üblich, wahrscheinlich, weil sie kein Geld kannten. Es wurde Hixe Angst bei dem Gedanken, sich mit diesem gefährlichen Zeug, das soviel Unglück unter die Menschen brachte, einzulassen. Aber dann fiel ihr Blick auf den weißen Wagen, der weder Motor noch Bremsen hatte. Es ließ sich nicht ändern: Für ein Auto mit Motor und Bremsen brauchte sie Geld.
Hixe seufzte, holte tief Luft und machte «hix», gleich dreimal hintereinander. Geld! dachte sie dabei – und zu ihrer Verwunderung lag ein Haufen glitzernder Münzen im Gras.
Dieser Anblick löste alle Zweifel. Geld, tanzte es durch ihren Kopf. Geld! Führerschein! Auto! Sie ließ das Metall durch ihre Finger klimpern – da fuhr Berts Stimme in ihre Freude. «Das ist ja falsch!» rief er. «Das ist ja nur Spielgeld!»
Er hatte recht. Die Münzen waren ebensowenig echt wie das weiße Auto.
«Meinst du, das merkt einer?» fragte Hixe niedergeschlagen.

Bert lachte. «Die Leute sind doch nicht blind. Für den Kram kriegst du nicht mal ein Eis. Ehrlich, mit deiner Hixerei ist es nicht weit her. Ein Auto ohne Motor . . . Spielgeld . . .! Wenn du nicht mehr kannst!»
Hixe gab dem Klimperhaufen einen beleidigten Fußtritt. «Ich kann fliegen, mich unsichtbar machen, mir eine andere Gestalt geben. Ich kann mir gepunktete Röcke hixen, etwas zu essen und zu trinken, überhaupt alles, was eine Hixe braucht, und eine Menge, was die Menschen ärgert. Und noch vieles andere, wenn es klappt. Aber es klappt eben nicht immer, und Autos und Geld, das sind ganz neue Dinge und nicht im Hixenplan vorgesehen. Verbibst noch mal, was soll ich denn nur tun?»
«Arbeiten», meinte Bert. «Arbeiten und Geld verdienen.»
«Arbeiten?» Hixe zuckte zusammen, als ob sie etwas gestochen hätte. «Ich und arbeiten?»
«Klar, arbeiten. Alle Menschen arbeiten. Ich weiß sogar schon eine Stelle für dich. Bei uns wird eine Hausmeisterin gesucht.

Eine, die saubermacht und für Ordnung sorgt. Treppenwischen, ausfegen und so was. Das schaffst du doch. Und Mann, wenn ich mir vorstelle, wie du das Walroß ärgern könntest!»
Das Walroß hieß in Wirklichkeit Herr Karl Quillinger und war der Besitzer des Hauses, in dem Bert wohnte. Niemand mochte ihn. Bert hatte es schon oft leid getan, daß seine Eltern ausgerechnet zu Herrn Quillinger und nicht ins Nachbarhaus gezogen waren. Die Leute im Nachbarhaus konnten friedlich und ohne Angst leben, auch die mit Kindern. Auf dem Hof gab es sogar eine Schaukel, einen Kletterbaum und einen großen Sandkasten, und nur in der Mittagszeit mußte dort unten Ruhe herrschen.
Herr Quillinger dagegen machte seinen Mietern mit Verboten und Schikanen das Leben sauer, vor allem denen, die Kinder hatten. Wenn er Kinder erwischte, die im Treppenhaus oder auf dem Hof herumtobten, mußten die Eltern es ausbaden. Denn Herr Quillinger gab nur kurze Mietverträge. Dauernd drohte er mit Kündigung, und immer wieder fand er Gründe, um die Miete zu erhöhen. Zwar existierte ein Mieterschutzgesetz, aber wenn es Tricks gab, es zu umgehen – Herr Quillinger kannte sie. Und die meisten seiner Mieter hatten Angst, sich zu wehren.
«Ein Ekel», sagte Bert, nachdem er Hixe alles über diesen Mann erzählt hatte. «Das wäre doch toll, wenn du dem was anhixen könntest. Also, du wirst Hausmeisterin, okay?»
Hixe hob zweifelnd die Schultern, aber Bert in seiner Begeisterung ließ sie nicht zu Worte kommen. «Dazu brauchst du vor allem einen Personalausweis. Hixen kannst du ihn bestimmt nicht, ist auch nicht nötig. Paß auf, ich habe einen Plan.»
Er begann, ihr diesen Plan zu entwickeln. Je länger Hixe zuhörte, um so vergnügter wurde sie.
«Dufte!» rief sie händereibend. «Klasse! Ja, das mach ich. Dann habe ich einen Ausweis mit einem Bild und kann endlich eine vernünftige Gestalt annehmen. Diese dämliche Peggy Pong – nein, das ist nichts für eine anständige Hixe. Bert, du bist in Ordnung. Leihst du mir deine Taschenlampe?»

Hixe wurde immer aufgekratzter. Sie wollte Bert unbedingt etwas Gutes tun und hixte für ihn fünf frische, duftende Krapfen, dick mit Zucker bestreut. Aber als er in den ersten hineinbiß, spürte er nichts als pappigen Brei im Mund.
«Bäh!» spuckte er. «Was ist denn das für ein Zeug?»
«Hixenkrapfen», entschuldigte sich Hixe. «Offenbar nichts für Menschen. Dabei würde ich dir so gern eine Freude machen.»
«Zeig dich doch mal in deiner richtigen Gestalt», schlug Bert vor – und gleich darauf schrie er laut «huch»! So erschrocken war er über Hixes Zottelgesicht mit den beiden schwarzen Schneidezähnen im Grinsemund.
«Ich gefalle dir wohl nicht, was?» fragte sie. «Na ja, Peggy Pong ist natürlich hübscher, verbibst noch mal!»
«Verbibst, verbibst, verbibst», machte Bert. «Kennst du eigentlich nichts anderes?»
«Von wegen nichts anderes!» Hixe schüttelte ihre Zotteln. «Wozu bin ich in die Schule gegangen? Verdammt, verflixt, Donnerwetter, Kruzitürken, zum Henker, Riesenmist – langt das? Ich weiß noch viel mehr. Aber verbibst bin ich nun mal gewohnt, das sage ich schon ein paar hundert Jahre. So, und jetzt hau ich ab, verbibst noch mal!»
Sie holte ihren Besen aus dem weißen Auto, und nach einem kurzen «hix» löste sich der Wagen in Luft auf. Dann sagte sie «Wiedersehen! Bis bald!» und verschwand ebenfalls. Bert sah weder, wie sie sich auf ihren Besen setzte, noch hörte er ihr kreischendes «Hui! Hui!» Nur die leere, stille Straße blieb zurück. Und während er endlich anfing, seinen Hinterreifen zu flicken, dachte er immerzu das gleiche: Das kann doch nicht wahr sein. Mann, das kann doch nicht wahr sein . . .

4. Kapitel

in welchem der Oberhix aus einem Traum erwacht und Hixe in eine neue Haut schlüpft

Der Oberhix lag unter seiner Lieblingstanne und hatte einen schönen Traum: Er träumte, Hixe säße neben ihm, Hixe mit langen blonden Haaren und einem lieblichen Lächeln um die Lippen. «Wach auf», zwitscherte sie. «Wach auf!»
Der Oberhix öffnete die Augen. Wirklich, Hixe war da! Aber sie zeigte kein liebliches Lächeln, sondern die gewohnten schwarzen Schneidezähne, und statt zu zwitschern, krächzte sie: «Sag mal, pennst du eigentlich den ganzen Tag?»
Der Oberhix brauchte eine Weile, um sich in der Wirklichkeit zurechtzufinden. «Wie siehst du denn aus?» jammerte er. «Du warst so hübsch mit den blonden Haaren!»
Hixe blies verächtlich durch die Schneidezähne. »Diese Peggy-Pong-Type! Mit der war nichts los. Bloß Scherereien.»
Sie setzte sich ins Moos und erzählte, was sie mit den Polizisten erlebt hatte. Der Oberhix hörte ohne Verwunderung zu. Was konnte schon dabei herauskommen, wenn eine Hixe sich sichtbar machte?

«Jetzt bist du hoffentlich kuriert», meinte er. «Dann können wir ja Mittag essen.»
Er wollte etwas Nahrhaftes zusammenhixen, aber Hixe sagte schnell: «Bleib liegen! Du fällst vor Schreck sowieso wieder hin. Ich will nämlich – ich will nämlich – also, ich will zu den Menschen ziehen. Ich will Hausmeisterin werden. Und Geld verdienen. Und den Führerschein machen. Und mir ein Auto kaufen. Und guck mich nicht an, als ob es donnert.»
In der Tat, der Oberhix machte sein typisches Gewittergesicht, nur noch entsetzter. Er sprang auf, stemmte die Fäuste in die Seiten und brüllte: «Nie! Nie! Nie!» Seine Backen, seine Nase, sein ganzes Gesicht wurde beinahe so lila wie der Bademantel, und die Haare über seiner Stirn richteten sich auf wie Igelstacheln. Genau damit hatte Hixe gerechnet. Sie begann zu heulen, laut, herzzerreißend und lange – so lange, bis der Oberhix weichgeheult war.
«Tu, was du nicht lassen kannst», grunzte er erschöpft. «Verschwinde! Aber das merke dir: Sechs Neumonde! Keinen Tag länger! Sonst wirst du von der Hixenliste gestruckt – gestrackt – gestrichen, verbibst noch mal!»
«Okay, okay», sagte Hixe.
«Und benimm dich anständig! Verrate niemandem, wer du bist. Schlimm genug, daß dieser Menschenjunge es schon weiß. Und klau nicht soviel.»
Das konnte Hixe nicht auf sich sitzen lassen. «Ich und klauen? Wo ich vom Klauen Bauchschmerzen kriege? Ich möchte mal wissen, wer hier klaut.»
Sie warf einen so anzüglichen Blick auf den lila Bademantel, daß der Oberhix das Thema wechselte. «Magst du Himbeerpudding?» grunzte er. Hixe nickte. Oberhix-Himbeerpudding gehörte zu ihren Lieblingsgerichten. «Nett von dir», murmelte sie. Beinahe bekam sie ein schlechtes Gewissen, daß sie ihn verlassen wollte. Wenn es keine Autos gegeben hätte . . .! Aber es gab nun einmal Autos, und ihr Entschluß war gefaßt.
Ich erkläre es ihm noch einmal, dachte sie. Doch dazu kam es nicht. Gleich nach dem Essen lag der Oberhix schnarchend un-

ter seiner Tanne. Die Sonne verschwand hinter den Bäumen, der Mond ging auf, die Nacht kam in den Wald. Der Oberhix merkte es nicht. Er schlief so fest, daß Hixe ohne Abschied verschwinden mußte. Sie schüttelte ihn ein paarmal – dann nahm sie ihren Besen und flog davon.

Hixe flog weit, sehr weit, so weit wie noch nie in ihrem Leben. Sie flog über immer neue Wälder und Ortschaften hinweg, bis sie eine fremde, große Stadt liegen sah.

«Eine große Stadt muß es sein», hatte Bert ihr eingeschärft. «Möglichst weit von hier. Und dort geh ins Rathaus.»

Das Rathaus war nicht schwer zu finden. Hixe landete auf einem zentral gelegenen Platz, dessen Breitseite von einem mächtigen Gebäude begrenzt wurde. Über dem Haupteingang las sie in großen Bronzebuchstaben das Wort: RATHAUS.

Hixe drückte gegen das Tor. Es war fest verschlossen. «Hix» – machte sie. Es nützte nichts.

«Verbibste Hixerei», schimpfte Hixe. Sie begann, mit ihrem Besen an den Fensterreihen entlangzufliegen. Erster Stock, zweiter Stock, dritter Stock. Endlich, im vierten, stieß sie auf ein offenes Fenster. Es führte in ein Klo, einer der wenigen Räume, die in der Nacht unverschlossen blieben. Die Tür ließ sich öffnen, Hixe stand in einem langen Flur.

Den Besen in der einen Hand, Berts Taschenlampe in der anderen, machte sie sich auf die Suche nach dem Einwohnermeldeamt. Sie fand es bald. Doch auch diese Tür reagierte nicht auf Hixerei. «Verbibster Hixenplan, verbibster!» fluchte Hixe erbittert – da erschien vor ihrem inneren Auge eine Axt. Das war es, was sie brauchte! Und diesmal hatte sie Glück. Schon nach einem einzigen Hix hielt sie die Axt in der Hand, und weil der Nachtwächter sich gerade im Kellergeschoß aufhielt, hörte niemand den Lärm, mit dem Hixe das Einwohnermeldeamt betrat: Drei Axthiebe, und die Tür sprang auf.

«Im Einwohnermeldeamt», hatte Bert gesagt, «werden Personalausweise und Reisepässe ausgestellt und verlängert. Dort liegen haufenweise Pässe herum, du findest bestimmt einen.»

Hixe fing an zu suchen: Zuerst in den Regalen, dann in Schubladen und Schränken – bis sie auf einen Stapel kleiner, dünner, dunkler Hefte stieß. «Reisepaß» las sie auf dem obersten. Er enthielt die Fotografie einer rundlichen, freundlich blickenden Frau. Sie hieß Luise Hauser, war zweiundvierzig Jahre alt, von Beruf Hausfrau, einen Meter zweiundsechzig groß und hatte blaue Augen. Besonderes Kennzeichen: Kleine Narbe am Kinn.

«Dufte!» sagte Hixe in die Stille des nächtlichen Einwohnermeldeamtes hinein. «Genau das, was ich brauche.» Sie sah eine Weile das Foto an, schloß die Augen und gab ein zuversichtliches »Hix» von sich. Weil sie keinen Spiegel hatte, tastete sie nach ihren vorstehenden Schneidezähnen. Sie waren verschwunden! Statt dessen fühlte sie am Kinn eine kleine Narbe. Außerdem trug sie nicht mehr ihren rotweiß gepunkteten Rock, sondern einen dunkelblauen mit einem hellblauen Pulli. Die Verwandlung in Luise Hauser war geglückt.

«Okay», murmelte Hixe, «nun noch der Ausweis. Hix!» Diesmal klang es nicht sehr zuversichtlich – mit Recht. Der gehixte Ausweis sah so unecht aus wie vorher das Klimpergeld. Aber die unerfahrene Hixe fand ihn gut genug. Sie war froh, daß sie keinen zu klauen brauchte.

Als sie den echten Paß auf den Stapel zurücklegte, hörte sie Schritte. Der Nachtwächter! «Hix!» rief Hixe mit einem beschwörenden Blick auf die eingeschlagene Tür. «Hix!» Doch die Tür blieb, wie sie war. Da öffnete sie ein Fenster und verschwand mit kreischendem «Hui» in der Dunkelheit.

Der Wachmann hörte nichts. Er sah auch nichts, nicht einmal die aufgebrochene Tür. Er war ein Rentner, der sich die Nacht um die Ohren schlug, um ein bißchen dazuzuverdienen. Halb im Schlaf schlurfte er die Gänge entlang. Höchstens, wenn er über Hixe gestolpert wäre, hätte er etwas von ihrem Besuch gemerkt.

Dafür war die Aufregung am nächsten Morgen doppelt groß. Einbruch im Einwohnermeldeamt! Die Tür eingeschlagen! Und das Merkwürdigste: Nichts, aber auch nichts fehlte, nicht einmal ein Kugelschreiber. Tagelang beschäftigten sich die Zeitungen mit diesem seltsamen Fall, die ganze Stadt rätselte daran herum. Daß eine waschechte Hixe ihre Finger im Spiel hatte – wer konnte das ahnen?

5. Kapitel

in welchem Hixe Hausmeisterin wird und Herr Quillinger sich zum erstenmal hinsetzt

Auch Herr Karl Quillinger, genannt das Walroß, ahnte nichts von Hixen und dergleichen, als er an diesem Morgen aus dem Fenster seiner Bürobaracke guckte. Vor seinen Augen lag ein großer Platz, vollgestopft mit Autos aller Typen und Preisklassen. Herr Quillinger hatte sie gekauft und wartete auf Leute, an die er sie weiterverkaufen konnte. Gebrauchtwagenhändler nannte er sich, obwohl Schrotthändler besser gepaßt hätte. Herrn Quillingers Spezialität waren nämlich Unfallwagen und uralte Schlitten, die längst auf den Autofriedhof gehörten.
Jedes Wochenende stand eine Anzeige mit folgendem Text in der Zeitung:

Alter Wagen?
– Nicht verzagen! –
Quillinger fragen!!!

Das war nicht zuviel versprochen. Herr Quillinger kaufte auch die jämmerlichste Blechkiste, zum Mindestpreis selbstverständlich. Sein Mechaniker mußte sie wieder flottmachen, so flott, daß sie eine Probefahrt überstand. Das Wichtigste dabei war der Lack. Herr Quillinger ließ jedes Auto aufs Schönste lackieren: grün, rot, gelb, adriablau oder silbergrau. Außerdem wurde es mit neuen Scheinwerfern, einer neuen Stoßstange und neuen Zierleisten geschmückt. Dieser Glanz verdrehte manchem ahnungslosen Käufer den Kopf. Er merkte gar nicht, was für ein müder, abgeklapperter Motor unter all dem Lack und Chrom ächzte, und wenn er es merkte, war es zu spät. Dann hatte er den Kaufvertrag unterschrieben und einen Haufen Geld bezahlt – viel mehr als bei einem ehrlichen Händler für ein anständiges Fahrzeug. Quillinger aber wurde reicher und

reicher. Drei große Mietshäuser gehörten ihm bereits und jetzt wollte er ein viertes bauen.
An diesem Morgen hatte er vergeblich auf Kunden gewartet. Schon seit zwei Stunden saß er in seinem Büro – da erst klopfte es.
«Herein», rief Herr Quillinger hoffnungsvoll.
Die Tür ging auf, und eine Frau erschien, eine Frau mit einem Besen in der Hand. Neben ihr drückte sich ein Junge ins Büro.
Herr Quillinger kam hinter seinem Schreibtisch hervor und stellte sich unter das Gemälde an der Wand. Es zeigte einen leuchtend roten Tulpenstrauß. Herr Quillinger bildete sich ein, daß dieser Anblick die Kunden heiter und vertrauensvoll stimme.
«Guten Morgen», sagte er mit seiner liebenswürdigsten Verkaufsstimme. «Je früher der Morgen, um so schöner die Gäste, hahaha. Suchen Sie ein Auto, Gnädigste? Ich hätte ein wunder-

volles blaues Wägelchen für Sie. Eine einmalige Gelegenheit! Der Besen und das Söhnchen haben auch darin Platz, hahaha.»
Hixe sah Herrn Quillinger voller Mißfallen an. Er war groß, massig, rotgesichtig, nicht anders als viele Männer. Aber die Art, wie er bei jedem «hahaha» den Kopf mit einer schnappigen Bewegung nach vorn stieß, erinnerte Hixe an – – – ja, woran? Plötzlich fiel es ihr ein: Herr Quillinger erinnerte sie an jenen Unterhix, der vor etwa hundertzwanzig Jahren für kurze Zeit im Wald aufgetaucht war und alles haben wollte, was sie und der Oberhix sich gehixt hatten. Dabei konnte er selbst hixen! Aber ihm gefiel nur, was anderen gehörte, und er gab keine Ruhe, bis er es hatte. Ein widerlicher Kerl. Und an ihn mußte Hixe denken.
«Ich will kein Auto kaufen», sagte sie.
«Was wollen Sie denn sonst?» fragte Herr Quillinger.
«Hausmeisterin werden. In der Neuburger Straße 72.»
Herr Quillinger ließ erst einmal das Lächeln von seinem Gesicht verschwinden. «Hausmeisterin? Da kann ja jeder kommen. Und Ihren Besen haben Sie gleich mitgebracht, was?»
«Mein Besen geht Sie gar nichts an», sagte Hixe.
«Hören Sie mal», bellte er. «Wenn Sie mir so kommen, können Sie gleich wieder verschwinden, Sie komische Person!»
Jetzt wurde auch Hixe ärgerlich. Komische Person! Hix, machte sie, und das Bild fiel von der Wand. Beinahe hätte Herr Quillinger es auf den Kopf bekommen.
«Verdammt!» schrie er.
«Auf Wiedersehen», sagte Hixe. Aber bevor sie verschwand, rief Herr Quillinger «Halt!». Er hatte gerade die Scherben auf dem Fußboden gesehen. Dabei war ihm eingefallen, daß es in seinem Haus an der Ecke immer schmutziger wurde, seitdem die letzte Hausmeisterin vor drei Wochen gekündigt hatte.
«Wer sind Sie überhaupt?» fragte er. «Haben Sie Zeugnisse?»
Auf diese Frage waren Hixe und Bert vorbereitet. «Ich heiße Luise Hauser», erklärte Hixe und holte ihren Paß aus der Tasche. «Bis jetzt war ich Hausfrau. Seit drei Monaten bin ich Witwe.»

«Sie ist meine Tante», fügte Bert hinzu. «Sie möchte gern in der gleichen Stadt wie wir wohnen. Ich bin Bert Kreck.»
«Kreck? Bist du nicht der Junge, der mit seinem Fußball immerzu Fensterscheiben einschmeißt?»
«Einmal», berichtigte Bert.
Quillinger sah flüchtig den Paß an. «Wenn Sie Hausmeisterin sind, müssen Sie vor allem dafür sorgen, daß die Kinder vom Hof verschwinden», sagte er und versuchte gleichzeitig, doppelt so schnell zu denken: Witwe. Noch nie gearbeitet. Keine Zeugnisse. Möchte mit ihren Verwandten zusammenwohnen. Ist wahrscheinlich mit wenig Geld zufrieden. Worauf er den Kopf vorschnellen ließ und «zweihundert Mark» sagte. «Und die Wohnung im Parterre mietfrei. Einverstanden?»
Bert stieß Hixe warnend in die Seite. Zweihundert Mark – das war eine Unverschämtheit. Aber Hixe verstand den Wink nicht. Sie nickte, und Herr Quillinger zählte auf, was sie für die zweihundert Mark zu leisten hatte.
«Treppen, Keller, Hof sauberhalten. Und sauber heißt bei mir sauber! Für Ordnung im Haus sorgen. Melden Sie mir Mieter, die viel Besuch bekommen und dadurch ihre Wohnungen übermäßig abnutzen. Und melden Sie Familien mit lebhaften Kindern! Mein Haus ist kein Spielplatz. Spielen im Treppenhaus und im Hof ist verboten. Halten Sie Augen und Ohren offen, dafür werden Sie bezahlt. Außerdem kommen Sie je nach Bedarf zu meiner Frau zum Putzen. Das wär's.» Er gab ihr die Schlüssel und sagte noch, daß sie gleich heute, an diesem Tag, anfangen müsse zu arbeiten. Denn es sei zufällig der Erste, und seit einer Woche hätte sich keiner um die Treppe gekümmert.
Dann konnte Hixe gehen, als Hausmeisterin in die Neuburger Straße 72!
«Mann», ächzte Bert, als sie wieder im Freien standen, «das Walroß hat dich vielleicht übers Ohr gehauen. Zweihundert Mark!»
«Schade, daß ihm das Bild nicht auf den Kopf geknallt ist», meinte Hixe.

«Mein Haus ist kein Spielplatz», ahmte Bert die Walroßstimme nach. «Melden Sie mir Mieter mit zuviel Besuch! Also, dem müssen wir ordentlich eins draufgeben.»
«Der kann was erleben», versprach Hixe. «Aber sind zweihundert Mark wirklich so wenig? Reicht es nicht für den Führerschein?»
«Bestimmt nicht. In der Fahrschule nehmen sie pro Stunde neunzehn Mark. Zwei Stunden pro Woche brauchst du sicher.»
«Das kommt hin», sagte Hixe zuversichtlich. «Zwei Stunden sind achtunddreißig Mark, macht im Monat hundertzweiundfünfzig. Da bleibt noch was übrig.»
«Und wovon willst du leben?»
«Vom Hixen. Mit Essen und Trinken klappt es immer. Mit Kleidern wahrscheinlich auch. Eine Hixe kommt schon durch. Die Hauptsache ist der Führerschein. Am liebsten würde ich gleich anfangen, aber ich habe ja keinen Pfennig, verbibst noch mal.»
Bert zögerte einen Moment. «Ich habe achtzig Mark beim Zeitungsaustragen verdient», sagte er. «Die kann ich dir leihen. Wenn das Walroß dir deinen Lohn gibt, mußt du es mir wiedergeben. Ich spare nämlich auf ein Rad mit Gangschaltung.»
«Bert», murmelte Hixe gerührt, «Bert, du bist ein netter Junge. Das Geld kriegst du, darauf kannst du dich verlassen. Und wenn du mal Hilfe brauchst . . .»
Sie fühlte, wie ihr Tränen in die Augen stiegen – eine ganz neue Erfahrung. Bis jetzt hatte sie nur geheult, um ihren Willen beim Oberhix durchzusetzen. Komisch, dachte sie und versuchte, die Tränen hinunterzuschlucken. Ist das so, weil ich jetzt ein halber Mensch bin?
«Wir sind da», sagte Bert in ihre Gedanken hinein.
Hixe blieb stehen. Sie kannte das Haus Nummer 72 bereits von ihrem Besuch am Vormittag, als sie per Besen in Berts Zimmer gesaust war, mit dem Paß in der Hand und voller Tatendrang. Jetzt dagegen wagte sie sich nur zögernd über die Schwelle, Schritt für Schritt, als sei der Boden rutschig. «Dort ist deine

Wohnung», sagte Bert und zeigte auf eine Tür neben der Treppe. Hixes Unbehagen wuchs. Noch nie hatte sich eine Hixe, ein Unter- oder Oberhix auf ein solches Abenteuer eingelassen. Wäre Bert nicht gewesen, sie hätte in diesem Moment wahrscheinlich die Flucht ergriffen. So aber murmelte sie nur ein gequetschtes «Verbibst» vor sich hin, steckte den Schlüssel ins Schloß und betrat den winzigen Vorplatz, der in ein ebenfalls winziges Zimmer mit einer winzigen Kochnische führte. Im Wald hatte Hixe mehr Platz gehabt.

Sie öffnete eine schmale Tür. «Was ist denn das?»

«Klo und Dusche», sagte Bert.

«Dusche? Wozu?»

Bert mußte es ihr erklären, und Hixe schüttelte den Kopf. «Waschen? Duschen? Quatsch! Ich bin sauber. Was ich haben muß, sind Möbel. Hix!»

Sie dachte an ein Bett, ein Menschenbett aus Holz mit weißbezogenen Kissen. Und schon war es da.

«Dufte! Hix!»

Ein Schrank! Er stand dem Bett gegenüber. Ein Tisch und ein Stuhl kamen auch noch dazu.

«Toll!» rief Bert. «Das haut mich um. Mann, das kann doch nicht wahr sein!»

Hix! machte Hixe. Sie hätte gern noch einen weichen Sessel gehabt, einen Teppich, eine hübsche bunte Tischdecke, ein paar Bilder, einen Farbfernseher. Aber sie schaffte es nicht. Schrank, Tisch, Bett, Stuhl – aus. «Verbibster Hixenplan», schimpfte sie. «Total unzuverlässig. Nur gut, daß es mit dem Verwandeln in eine andere Gestalt immer klappt. Und mit dem Unsichtbarwerden. Und mit dem Essen. Ich brauche unbedingt einen Topf voll Erbsensuppe mit Speck, hix.»

Und weil Erbsensuppe im Hixenplan vorgesehen war, stand sie prompt auf dem Tisch, wunderbar duftend und leider so hixisch, daß Bert beim Probieren wieder nur pappigen Brei im Mund spürte.

«Ich geh jetzt», sagte er enttäuscht. «Ich muß noch abwaschen, bevor meine Mutter kommt, sonst gibt es Krach. Und an dei-

ner Stelle würde ich mit der Treppe anfangen. Das Walroß kriegt es fertig und schnüffelt heute abend noch herum. Wiedersehen.»
Hixe hixte weiter. Sie versuchte, Vorhänge an ihr kahles Fenster zu bringen – vergeblich. Zum Glück gelang es ihr wenigstens, den leeren Kleiderschrank ein wenig zu füllen: Zwei Kleider, ein Mantel, etwas Wäsche, ein Paar Schuhe, Schluß. Mehr gab die Hixerei nicht her, obwohl Hixe vor Anstrengung gähnen mußte. Sie beschloß, das neue Bett auszuprobieren. Doch kaum lag sie zwischen den Kissen, fielen ihr die Augen zu. Mitten am Nachmittag versank sie im Schlaf wie in einer dicken, gepolsterten Kiste. Erst als es klingelte, laut und schrill klingelte, kam sie wieder heraus. Halbwach schlurfte sie zur Wohnungstür – und blickte in das rote Gesicht von Herrn Quillinger.
«Sind Sie schwerhörig?» fragte er. «Oder haben Sie geschlafen?»
«Geschlafen», gähnte Hixe.
«Geschlafen!» Herr Quillinger sah noch walrössiger aus als sonst. «Bezahle ich dafür eine Hausmeisterin? Haben Sie nicht den Schmutz auf der Treppe gesehen? Wenn Sie von der Sorte sind . . .»
Die letzten Worte brüllte er, was Hixe ärgerte. Hix, machte sie, und schon verhedderten sich seine Beine. Ehe Herr Quillinger wußte, wie ihm geschah, saß er auf Hixes Schwelle.
Das klappt ja wie geschmiert, grinste Hixe innerlich. Äußerlich jedoch zeigte sie ein besorges Gesicht und fragte: «Geht es Ihnen nicht gut?»
«I-i-ich», japste Herr Quillinger. «I-i-ich . . .»
In diesem Moment wurde die Haustür aufgestoßen. Zwei Jungen stürzten herein. «Versuch's doch, du Affe», schrie der eine dem andern zu, und gleich darauf wälzten sie sich am Boden.
Herr Quillinger sprang auf und fing schon wieder an zu brüllen. «Mein Haus ist kein Spielplatz! Wartet nur, ich kenne euch genau! Eure Eltern werden sich wundern. Diese . . .» Mehr

© HAUSER

konnte er nicht sagen, denn Hixe hatte ihn zum zweitenmal nach unten geschickt.
«Sie fallen aber wirklich oft hin», sagte sie, als er mit noch röterem Kopf als sonst vor ihr saß. «Und bitte, ich möchte das Treppenhaus putzen. Wo sind denn die Putzsachen?»
«Im Keller», brüllte Herr Quillinger, stellte sich auf die Beine und verschwand so schnell, als wolle er davonlaufen. In seinem Hosenboden klaffte ein großes Loch, ebenfalls eine Hixengabe.
Hixe ging in den Keller, um sich ihr Arbeitsgerät zu holen. Voller Unbehagen nahm sie ein Stück nach dem anderen in die Hand. Einen Besen hatte sie bis jetzt nur als Fortbewegungsmittel benutzt, und Schrubber und Putzlappen waren ihr noch nie in die Finger gekommen. Hixen machen nicht sauber, Hixen machen . . .
Hix! dachte Hixe. Klar! Ich muß es versuchen. Vielleicht klappt es. Es gehört ja sozusagen zu meinem dringenden Bedarf.
Sie stellte das Putzzeug auf die unterste Treppenstufe und ließ ein konzentriertes Hix los. Es war kaum zu glauben: Die ersten drei Stufen leuchteten vor Sauberkeit! Mit den nächsten klappte es genauso. Ohne Mühe arbeitete Hixe sich nach oben. Sie vergaß vollkommen, daß ihre Tätigkeit für menschliche Zuschauer nicht geeignet war, bis eine Stimme «Was machst du denn da?» rief. Zum Glück war es nur Bert, der hinter ihr stand.
«Verbibst, du kannst einen vielleicht erschrecken», sagte sie. «Da staunst du, wie das hier glänzt, was?»
Bert stieß einen anerkennenden Pfiff aus. «Möchte ich auch können. Hoffentlich haben nicht noch mehr Leute zugesehen. Na, du bist ja gleich fertig.»
«Klar! Das flutscht wie ein D-Zug. Und sauberer geht's bestimmt nicht. Jetzt müßte euer Walroß kommen.»
«Der hätte immer noch was zu meckern», meinte Bert. «Übrigens, wenn du Lust hast, kannst du uns nach dem Abendbrot besuchen, damit meine Eltern dich kennenlernen. Schließlich bist du ja meine Tante.»

Lachend lief er die Treppe hinunter. Hixe lachte ebenfalls. Den Rest ihrer Arbeit hatte sie in knapp drei Minuten erledigt, und weil es noch längst nicht Abend war, beschloß sie, einen Schaufensterbummel zu unternehmen. In bester Laune machte sie sich auf den Weg.

6. Kapitel

in welchem Frau Krecks Bratkartoffeln kalt werden und einem Nachtwächter die Knie zittern

An diesem Abend wollten Bert Kreck die Bratkartoffeln nicht schmecken. Sie glänzten braun und knusprig, genauso, wie er es gern mochte. Aber wenn er seine Mutter ansah, verging ihm der Appetit. Sie war blaß, hatte dunkle Ringe unter den Augen, sprach nichts und aß nichts.

«Mutti», sagte er. «Iß doch was!»

Frau Kreck fuhr hoch. «Halt den Mund! Kann man denn nicht mal in Ruhe . . .» Mitten im Satz brach sie ab. «Junge, ich bin einfach fertig. Das Kaufhaus – die viele Arbeit zu Hause . . .»

«Und alles wegen dieser verdammten teuren Wohnung», sagte Herr Kreck. «Das kann doch nicht so weitergehen.»

«Wenn du ein bißchen helfen würdest», murmelte die Mutter, worauf Herr Kreck seine Gabel hinlegte.

«Natürlich, ich bin schuld. Aber ich bin auch kaputt. Soll ich etwa abends noch die Minna machen? Wer hat denn die Wohnung unbedingt haben wollen? Und den ganzen Schrott, der in den Zimmern 'rumsteht?»

«Schieb doch nicht alles auf mich», rief die Mutter. «Du hast doch selbst die teuren Sessel gekauft. Ich hätte ebensogern die billigen genommen.»

«Gerade du!» Herr Kreck lachte, aber es klang nicht fröhlich. «Wo dir nichts gut genug ist. Ich wahrscheinlich auch nicht mehr mit meinem bißchen Gehalt. Einen Millionär hättest du heiraten sollen.»

Er sprang auf und verschwand im Fernsehsessel. «Na also, da haben wir's wieder», sagte Bert, und ausgerechnet jetzt mußte die kleine Gaby ihren Becher mit Milch umkippen. Die Kleine schrie, die Mutter schimpfte, es war zum Heulen.

Und wie das so üblich ist: Genau in diesem Moment klingelte

es. Hixe stand vor der Tür.
Hixe hatte ihren Abendspaziergang hinter sich – einen Spaziergang mit gemischten Gefühlen. Einerseits hatte es ihr Spaß gemacht, sich als Mensch unter Menschen zu bewegen, andererseits aber auch Unbehagen bereitet. Schuld daran waren die vielen schönen und teuren Dinge, die in den Schaufenstern lockten. Früher, in ihrer unsichtbaren Zeit, hatte sie sich für das meiste kaum interessiert. Kleider, Handtaschen, Schmuck – was sollte eine Hixe im Wald damit anfangen? Seit Jahrhunderten war sie mit ihrem rotweiß gepunkteten Rock zufrieden gewesen. Als Luise Hauser jedoch dachte sie: Wie hübsch! Das rote Kleid da, das möchte ich haben! Und den Mantel dort! Und eine passende Handtasche! Und die Kette mit den bunten Steinen, die würde mir fabelhaft stehen!
Es waren neue, ungewohnte Gedanken. Hixe wußte nicht recht, wie sie mit ihnen fertig werden sollte. In einer stillen Seitenstraße hatte sie versucht, das Kleid, den Mantel, die Handtasche, die Kette zu hixen, ohne Erfolg, wie sich bei dem unzuverlässigen Hixenplan voraussehen ließ. Soviel war klar: Was Hixe von den schönen Dingen besitzen wollte, mußte sie entweder kaufen oder klauen. Und weil sie zum Kaufen kein Geld hatte und vom Klauen Bauchschmerzen bekam, stand sie mit einem Berg unerfüllter Wünsche da.
Der Schaufensterbummel machte ihr keinen Spaß mehr. Nicht halb so vergnügt wie bei ihrem Aufbruch kehrte sie nach Hause zurück. In ihrer kahlen Wohnung, die sie noch trübseliger stimmte, war ihr Bert eingefallen. Mit ihm wollte sie ihre Schwierigkeiten besprechen.
Aber Bert hatte selbst Schwierigkeiten.
«Bei uns ist dicke Luft», flüsterte er, als er die Tür öffnete.
Hixe schnupperte verständnislos. «Was für Luft? Ich rieche nichts.»
«Dicke Luft! Das heißt, bei uns ist wieder Krach. Na, komm 'rein!»
Er führte Hixe in die Küche, wo seine Mutter immer noch in ihren Bratkartoffeln herumstocherte.

«Das ist Hi . . . ich meine, das ist Frau Hauser, die neue Hausmeisterin», stellte er sie vor. «Wir – wir kennen uns.»
«Um Himmels willen!» rief Frau Kreck. «Hat er etwa schon wieder auf dem Hof Fußball gespielt! Bitte, sagen Sie es nicht Herrn Quillinger. Der wird . . .»
«Bert hat ja überhaupt nicht Fußball gespielt», fiel Hixe ihr ins Wort. «Und dem Quillinger verpfeife ich sowieso nichts, der soll mir mal im Mondschein begegnen. Von mir aus können die Kinder spielen, wo sie wollen. Der soll sich doch blau ärgern.»
Frau Kreck sah Hixe erstaunt an. Derartige Worte hatte sie noch nie aus dem Mund einer Hausmeisterin gehört.
«Die ist gut, was?» sagte Bert.
Seine Mutter schüttelte besorgt den Kopf. «Wenn Sie so reden, werden Sie ihren Posten aber nicht lange behalten.»
«Warten wir ab», meinte Hixe und setzte sich zu Frau Kreck an den Tisch. «Schöne braune Bratkartoffeln haben Sie. Kann ich

mal probieren?» Braune Bratkartoffeln gehörten zu ihren bevorzugten Gerichten. Ohne Umstände nahm sie ein Stück von Frau Krecks Teller und steckte es in den Mund. «Dufte! Besser sind meine auch nicht. Und ich hixe – ich meine, ich mache die besten weit und breit.»

Berts Mutter wunderte sich immer mehr. Die neue Hausmeisterin schien ein bißchen komisch zu sein. «Sind Sie zufrieden mit Ihrer Arbeit?» fragte sie, um das Gespräch in Gang zu halten.

«Doch, doch», nickte Hixe. «Mir geht's ganz gut. Aber Ihnen nicht, was? Sie sind so blaß, und das Essen schmeckt Ihnen nicht. Sind Sie krank?»

Sie blickte mitten in das müde Gesicht, und Frau Kreck vergaß, daß ihr die neue Hausmeisterin eben noch komisch vorgekommen war. Sie sah nur ihre Augen, freundliche, blaue Augen. Dazu hörte sie die Stimme, die genauso freundlich und ohne Umschweife fragte. Sonst kümmerte sich niemand darum, ob Frau Kreck blaß war oder nicht. Die Leute hatten so viel mit sich selbst zu tun, daß sie auf die übliche Frage «Wie geht's?» gar keine Antwort erwarteten. Diese Frau Hauser aber fragte nicht nur aus Höflichkeit. Sie wollte eine Antwort haben. Weil Frau Kreck das spürte, antwortete sie.

Es wurde eine lange und ausführliche Antwort. Berts Mutter erzählte die ganze unglückselige Geschichte von dem Unfall, von der teuren Wohnung, von den Raten für die Möbel, von der Arbeit, die ihr über den Kopf wuchs. Sie erzählte von der ekelhaften Abteilungsleiterin im Kaufhaus, von der kleinen Tochter, die immer noch in die Hosen machte, von ihrem Mann, der von Tag zu Tag unzufriedener wurde, und vom Geld, das nie und nie reichen wollte.

«Fast vierhundertfünfzig Mark für die Wohnung! Das frißt einen auf. Und der Quillinger, der wartet nur darauf, die Miete wieder hochzusetzen. Die Leute im Nachbarhaus, die zahlen kaum mehr als vor drei Jahren. Und bei uns ist schon zweimal erhöht worden.»

«Ist das denn erlaubt?» fragte Hixe.

«Weiß ich nicht. Er schreibt jedenfalls immer: ‹. . . mit behördlicher Genehmigung› – weil die Steuern gestiegen seien oder die Reparaturkosten. Dabei baut er schon wieder ein neues Haus.»

«Warum wehren Sie sich denn nicht?» rief Hixe. «Quillinger muß doch merken, daß er nicht machen kann, was er will.»

Frau Kreck zuckte mit den Schultern. «Sollen wir etwa zum Gericht gehen? Quillinger, der ist gerissen, gegen den sind wir ganz kleine Würstchen. Am Ende wird uns nur noch gekündigt. Aber wenn die Miete erhöht wird, müssen wir sowieso ausziehen. Wohin, weiß der Himmel.»

Hixe begriff nicht, was der Himmel damit zu tun hatte. Sie wußte überhaupt nicht, was sie sagen sollte. «Der Quillinger ist ein Mistvieh», sagte sie schließlich. «Aber warten Sie ab, vielleicht wird er noch kuriert. Machen Sie sich nicht so viele Gedanken, essen Sie lieber Ihre Bratkartoffeln.»

«Die sind ja ganz kalt!»

«Aber nein», behauptete Hixe zuversichtlich. «Die dampfen ja – hix – die dampfen ja noch.»

«Ach wo.» Frau Kreck schüttelte den Kopf. Hixe mußte einsehen, daß es mit ihrer Hixerei wieder einmal danebengegangen war.

«Essen Sie wenigstens ein Wurstbrot», brummte sie, und Frau Kreck befolgte diesen Rat.

Sie aß sogar zwei, wahrscheinlich, weil sie sich ausgesprochen hatte und in ihrem Innern wieder Platz war.

«Und jetzt legen Sie sich ins Bett und ruhen sich aus», sagte Hixe. «Ich muß auch pennen. Gute Nacht!» Sie nickte Frau Kreck zu, schlug Bert auf die Schulter und ging.

«Na, wie findest du sie?» fragte Bert erwartungsvoll.

«Sehr nett», nickte seine Mutter. «Ich glaube nicht, daß die irgendwen verklatscht. Nur ihre Ausdrücke! Pennen – dufte – Mistvieh . . .»

«Mann, auf die Ausdrücke kommt's doch nicht an», sagte Bert.

Hixe kehrte mit einem merkwürdigen Gefühl im Herzen in ihre Wohnung zurück. Es war Mitleid, und dergleichen war ihr noch nie passiert. Selbst als sie längst im Bett lag, fand sie keine Ruhe. So beschloß sie, sich mit einem Spazierritt abzulenken. Der Besen stand in der Ecke. Ein Hix, ein Hui, und ihre Fahrt über die Dächer der schlafenden Stadt konnte beginnen. Sie zog kleine und große Kreise, ließ sich absacken, stieg wieder auf. Der Wind pfiff ihr um die Ohren, alles war wie immer. Dennoch: Es machte keinen Spaß. Sie dachte an Frau Kreck und ihre vielen Sorgen, und wie ungewiß es war, ob sie, Hixe, ihr helfen konnte. Ihr Herz wurde immer schwerer. Energisch befahl sie sich, an etwas anderes zu denken. Aber auch, als sie die Augen schloß und sich Schaufenster mit Kleidern, Hüten und Handtaschen vorstellte, schob sich Frau Krecks blasses Gesicht dazwischen.

Tief unten lag das Kaufhaus. «Verbibst noch mal», sagte Hixe. «Ich muß versuchen, hineinzukommen. Das bringt mich bestimmt auf andere Gedanken.» Suchend flog sie an der Fassade entlang. Im fünften Stock stand ein Fenster offen. Mit einem Sprung landete Hixe in der Möbelabteilung.

Möbel interessierten sie im Moment überhaupt nicht. Was sie haben wollte, gab es im ersten Stock. Auf der Suche nach einer Rolltreppe – Hixe war eine leidenschaftliche Rolltreppenfahrerin! – schlenderte sie durch den schwach beleuchteten Mittelgang. Zu ihrem Ärger lag die Rolltreppe so leblos da wie das ganze Kaufhaus. Hixe mußte laufen, wovon ihre Laune nicht besser wurde. Erst als sie in der Damenabteilung stand, als sie die vielen Kleider sah, rote, grüne, blaue, gelbe, bunte Kleider, mit kurzen Ärmeln, langen Ärmeln, aus Seide, aus Wolle, aus Spitze, Kleider jeder Art und zu allen Gelegenheiten – erst da kam sie mit einem Schlag in Stimmung. Mehr noch: Sie geriet in solche Begeisterung, daß sie den Kopf verlor. Hix, machte sie, und stand voll sichtbar zwischen den Ständern. Als Luise Hauser! Denn eine unsichtbare Hixe kann keine Kleider anprobieren, und Kleider anprobieren war das, was Hixe wollte.

Zuerst zog sie ein blaugrünkariertes an, danach ein gelbbraun-

gestreiftes, dann ein grünes, das mit kleinen weißen Blüten übersät war. Wie eine Waldwiese mit Maiglöckchen!
«Dufte!» rief Hixe hingerissen, als sie die geblümte Luise Hauser im Spiegel sah. «Das nehme ich mit!»
In der gleichen Sekunde mußte sie sich den Bauch halten, so weh tat er. Nein, sie konnte nicht klauen. Sie durfte das geblümte Kleid nicht mitnehmen, sie war gezwungen, es wieder zurückzuhängen. Wehmütig blickte sie in den Spiegel – da packte jemand ihren Arm. Es war der Nachtwächter, der seine Pflichtrunde durch die Stockwerke machte.
Hixe fuhr herum und sah in sein drohendes Gesicht. «Was machen Sie hier?» schnauzte er sie an. «Los, antworten Sie! Ihren Namen will ich wissen. Bißchen dalli. Sonst passiert was!»
Er schnauzte viel lauter, als er eigentlich wollte. Das lag an der Angst, die ihm in den Gliedern saß. Erst kürzlich war ein Nachtwächter von Einbrechern angeschossen worden – kein Wunder, daß diesem hier die Knie zitterten. Sein einziger Gedanke war: Ob sie wohl bewaffnet ist? «Bißchen dalli!» schrie er deshalb noch lauter. «Bißchen dalli!»
Hixe, die von seiner Gemütsverfassung nichts wußte, bekam es ebenfalls mit der Angst zu tun. Hix – machte sie und verschwand im Unsichtbaren.

Fassungslos starrte der Wächter auf den Punkt, wo eben noch die Frau im Blümchenkleid gestanden hatte.
«Das ist ja . . .», stammelte er. «Das ist ja . . .» Mit noch heftiger zitternden Knien stolperte er zum Telefon, läutete den Kaufhausdirektor aus dem Schlaf und ächzte: «Herr Direktor – Herr Direktor – in der Damenabteilung ist ein Gespenst!» Woraufhin der Direktor einen Wutanfall bekam.
«Und deshalb wecken Sie mich mitten in der Nacht?» schrie er. «Wenn Sie Gespenster sehen, Sie Idiot, dann gehen Sie zum Arzt! Ende.»
«Jawohl, Herr Direktor», stammelte der Wachmann. «Jawohl!» Da stand er, ließ die Arme hilflos hängen und begriff überhaupt nichts mehr, vor allem sich selbst nicht. Gespenster, die gab es doch nicht. Wieso konnte er also eins sehen?
«Der Direktor hat recht», sagte er laut. «Ich bin ein Idiot. Nein, kein Idiot. Ich habe geträumt, das ist es. Jeder kann mal träumen.» Mit diesen Worten richtete er sich auf, rief «Unfug» und begab sich auf seinen Kontrollgang. Seine Knie allerdings zitterten weiter. Denn obwohl er nicht an Gespenster glaubte, fürchtete er sich, wieder einem zu begegnen.
Aber Hixe hatte keine Lust, sich noch einmal zu zeigen. Verdrossen hängte sie das geblümte Kleid an den Ständer, zog ihren Rock mit dem blauen Pulli an, steckte noch einen bunten Prospekt in die Tasche und verschwand samt ihrem Besen. Zehn Minuten später lag sie im Bett. Ihr erster Tag bei den Menschen war zu Ende.

7. Kapitel

in welchem Hixe auf den Gashebel tritt und ein Zeitungsverkäufer sich wundert

Am nächsten Morgen, beim Frühstück, blätterte Hixe in dem Prospekt, den sie aus dem Kaufhaus mitgebracht hatte.
«Glücklich in den Sommer mit diesem bezaubernden Hosenanzug für 148,- DM», las sie unter dem Foto eines blonden Mädchens. Daneben lächelte eine Frau reiferen Alters, deren Bild mit folgendem Text versehen war: «Wollen Sie so elegant wie diese Dame wirken? Dann kaufen Sie sich das Seidenkleid für 165,- DM, den passenden Hut für 45,-DM, die Tasche für nur 65,95 DM und die Schuhe für 49,75 DM. Nicht viel Geld – aber viele werden Sie bewundern.»
Auch Hixe wollte gern bewundert werden – nur, sie besaß keine 320,- DM und schon gar nicht das Geld für die vielen anderen Dinge, die der Prospekt anpries: Nachthemden, Unterröcke, Hemden, Höschen, alles mit Spitzen besetzt. «Nicht allein an der Oberfläche erkennt man die Dame, auch auf das ‹Darunter› kommt es an», lauteten die begleitenden Worte.
Mißmutig starrte Hixe auf die bunten Bilder. Was sie darauf sah, schien für sie so unerreichbar wie der Mond. Als Bert kam und wissen wollte, wie es ihr ginge, knurrte sie: «Mies! Wahrscheinlich langt mein Geld nie, um mir das alles zu kaufen. Und hixen? Nicht mal mit einem einzigen Nachthemd hat es geklappt. Verbibster Mist!»
«Ist doch bloß Reklame», sagte Bert. «Ob du den Kram hast oder nicht . . .! Ich denke, du willst den Führerschein machen?»
«Klar, der Führerschein!» Hixe sprang auf. «Ich gehe gleich hin und melde mich an. Kommst du mit?»
Bert nickte. «Geld habe ich auch mitgebracht. Hier.»
«Bert, du bist eine Wucht», murmelte Hixe. «Das vergeß ich dir nie. Übrigens, ob man das Ding an die Wand hängen könn-

te?» Sie hielt Bert den Prospekt hin. Mit ein paar Reißzwecken aus seiner Hosentasche befestigte er ihn über Hixes Bett. Dann machten sie sich zusammen auf den Weg.

«Es ist nicht weit», sagte Bert. «Gleich hinter der Ecke.» Er zeigte auf ein Schaufenster, in dem Modelle von einem VW und einem Motor aufgebaut waren. Daneben hing ein Plakat:

Führerschein leicht, schnell und preiswert.

VW. Opel. Simca. Auch Automatic. Anmeldung hier.

Das machte einen guten Eindruck – aber nur von außen. Denn drinnen war von leicht, schnell und preiswert nicht mehr die Rede.

«Zweiundvierzig sind Sie?» fragte der Fahrlehrer hinter seinem Schreibtisch beinahe mitleidig. «Da geht es nicht so einfach. Natürlich, auch Damen Ihres Alters schaffen den Führerschein bei mir. Es dauert nur seine Zeit.»

«Wie lange?» wollte Hixe wissen.

«Ungefähr so viele Stunden, wie man Jahre auf dem Buckel hat. Das ist etwa die Regel.»

«Zweiundvierzig Stunden?» rief Hixe entsetzt. «Und eine Stunde neunzehn Mark? Mann, Sie haben wohl nicht alle Tassen im Schrank!»

Der Fahrlehrer zuckte zusammen. Am liebsten hätte er dieser unverschämten Person die Tür gezeigt. Aber er hatte eine Frau und drei Kinder. Bei den zahlreichen Fahrschulen in der Stadt konnte er es sich nicht erlauben, einen Schüler laufenzulassen. Deshalb sagte er mit sauer-süßem Lächeln: «Nun, wer weiß, vielleicht geht es bei Ihrem Temperament schneller. Oder Sie sind ein Genie. Ich habe gerade einen Wagen frei. Wollen wir es gleich mal probieren?»

«Probieren?» Hixe überlegte nicht lange. «Na klar! Los, Bert, du fährst mit! Aber zweiundvierzig Stunden kommt nicht in die Tüte, verbibst noch mal! Ich bin doch nicht plemplem.»

Der Fahrlehrer zuckte schon wieder zusammen und murmelte anzüglich: «Wirklich nicht?» Hixe überhörte es. Voller Tatendrang rannte sie zum Auto und setzte sich hinter das Steuer. Sie fühlte sich beinahe ebenso sicher wie auf ihrem Besen, und als

der Fahrlehrer sagte: «Jetzt ganz vorsichtig Gas geben», drückte sie mit solcher Wucht aufs Pedal, daß der Wagen davonschoß. Der Fahrlehrer flog nach vorn, Bert flog nach vorn. Nur Hixe blieb kerzengerade sitzen.
«Sachte!» schrie der Fahrlehrer. «Ein Auto ist keine Nähmaschine! Tun Sie gefälligst, was ich sage. Vorsichtig, ganz vorsichtig Gas geben!»
«Schreien Sie nicht so!» schrie Hixe zurück. Sie hatte selbst einen Schreck bekommen. Beim nächsten Versuch tippte sie ganz sanft auf den Gashebel. Und damit begann etwas, wovon der Fahrlehrer noch nach Jahrzehnten seinen Enkeln erzählen sollte: Hixe konnte fahren! Sie schaltete, kuppelte, sie hielt die Spur, sie bremste, als hätte sie schon zwanzig Stunden hinter sich.
«Kaum zu glauben!» rief der Lehrer immer wieder. «Und sie behaupten, daß Sie noch nie gefahren sind? Wie ist das bloß möglich!»
Hixe wußte es genausowenig. Mit Hixerei hatte das hier nichts zu tun. «Wahrscheinlich bin ich ein – na, wie heißt es noch – ein Negie», erklärte sie.
«Genie», verbesserte Bert. Hixe nickte. «Klar, Genie. Dufte! Da spar' ich viel Geld. Kann ich nächste Woche den Führerschein machen?»

Der Fahrlehrer hob erschrocken die Hände. «Wie stellen Sie sich das denn vor? Ihr Antrag muß erst bei der Behörde eingereicht werden. Und dann muß ich Sie zur Prüfung anmelden. Es dauert ungefähr sechs Wochen, bis der ganze Kram erledigt ist. Und überhaupt, das bißchen Kuppeln und Schalten ist erst der Anfang. Das Schwierigste kommt noch. Verkehrsregeln! In der Stadt fahren! Links abbiegen! Überholen! Sie werden sich wundern.»

Hixe schüttelte den Kopf. «Bestimmt nicht. Und höchstens zehn Stunden! Das reicht.»

Der Fahrlehrer schwieg. Er nahm sich vor, dieser Person das Lernen so sauer wie möglich zu machen.

«Mann», stöhnte Bert, als er und Hixe wieder nach Hause gingen, «Mann, das war vielleicht ein Ding, wie du so elegant davongeschlittert bist.»

«Kein Wunder, wenn man ein Genie ist», meinte Hixe.

Sie kamen gerade an dem Kiosk vorbei, an dem sie früher schon oft eine Zeitung mitgenommen hatte. Ganz wie in ihren unsichtbaren Tagen zog sie auch jetzt eine vom Stapel.

«Du, das geht nicht. Du mußt sie bezahlen», sagte Bert. Aber es war schon zu spät.

«Sie!» schrie der Verkäufer und kam aus seinem Kiosk geschossen. «Sie! Sie haben wohl 'ne Meise? Am hellichten Tag Zeitungen klauen! Vor meinen Augen!»

«Es ist ja bloß eine», sagte Hixe kleinlaut. «Entschuldigung, ich war in Gedanken. Natürlich bezahle ich sie.»

«Bloß eine? In Gedanken? Bezahl' ich?» Der Verkäufer überschlug sich fast vor Empörung. «Das könnte Ihnen so passen. Und morgen wieder eine mitnehmen, was? Zur Polizei schleppe ich Sie, damit . . .»

Plötzlich schwieg er. Die Person nämlich, die er zur Polizei schleppen wollte, diese Frau im blauen Pulli, war nicht mehr da. Suchend drehte er sich dreimal um sich selbst – nichts zu sehen! So ein gerissenes Biest, dachte er wütend. Na, ich kann mir ja den Bengel schnappen.

Aber Bert hatte keine Lust, Hixes Suppe auszulöffeln. Er rannte davon. Erst an der übernächsten Ecke, wo der Stadtpark begann, machte er halt.

«Du hast vielleicht ein Tempo», keuchte eine Stimme neben ihm. «Ich bin kaum mitgekommen. Wie steht's, kann ich sichtbar werden?»

«Von mir aus», sagte Bert. «Wenn du nicht gleich wieder was klaust.»

«Klauen!» Hixe, die wieder als Luise Hauser vor ihm stand, machte ihr Schmollgesicht. «Schließlich muß ich erst umlernen. Und wegen einer einzigen Zeitung braucht der Kerl doch nicht so zu schreien.»

«Du bist gut», sagte Bert. «Der muß seine Zeitungen auch bezahlen. Ich hab' selbst mal Zeitungen ausgetragen, ich weiß, wie das ist. Warum stöhnst du denn so?»

Hixe hielt sich den Bauch. «Au, tut das weh! Au! Verbibst noch mal! Bloß wegen dieser dämlichen Zeitung.»

«Komm, setz dich hin», sagte Bert und zog sie zu einer Bank. «Wird's schon besser?»

Hixe schüttelte den Kopf. «Mann, ich klaue bestimmt nichts mehr, auch keine Zeitung. Mal sehen, was heute drinsteht. Pa- Par- Pralament geht in die Ferien. Was ist das – Pralament?»

«Par-la-ment», verbesserte Bert. «Parlament ist – na, das Parlament ist eben das Parlament.»

«Rede keinen Quatsch! Erkläre es mir!»

«Das Parlament . . .» Bert gab auf. «Weiß ich auch nicht genau.»

«Ich will es aber wissen. Man muß doch wissen, wovon in der Zeitung geredet wird!» rief Hixe. Trotz ihrer Bauchschmerzen sprang sie auf und wandte sich an einen Herrn, der gerade vorbeispazierte.

«Entschuldigen Sie, könnten Sie mir vielleicht erklären, was ein Prala – Parlament ist?»

Der Herr blieb nicht einmal stehen. «Unterlassen Sie diese albernen Witze», sagte er. «Dazu sind Sie zu alt.»

«Affe», murmelte Hixe. «Wie findest du das, Bert?»

Bert fand, daß sie die Leute in Ruhe lassen sollte. «Man kann

doch nicht irgendeinen Fremden auf der Straße nach so was fragen.»
Hixe sah ihn erstaunt an. «Wieso nicht? Wenn ich etwas wissen will, frage ich solange, bis ich es herausbekommen habe. Entschuldigen Sie, können Sie mir erklären, was ein Parlament ist?»
Sie hatte wieder einen Mann angehalten, einen jungen diesmal in Blue jeans, der mit großen Schritten angelaufen kam und beinahe stolperte, als Hixe sich ihm in den Weg stellte.
«Ist das ein Jux, oder meinen Sie es ernst?» erkundigte er sich stirnrunzelnd.
«Ernst natürlich! Hier in der Zeitung steht etwas darüber. Wieso Jux?»
«Na schön», sagte der junge Mann. «Dann wollen wir uns mal auf die Bank setzen. Viel Zeit habe ich nicht, es muß schnell gehen. Also, im Parlament werden die Gesetze gemacht.» Er sprach im Eiltempo, und Hixe hatte Mühe, ihn zu unterbrechen.
«Von wem denn?»
«Kommen Sie vom Mond? Von den Abgeordneten natürlich.»
«Und was sind Abgeordnete?» Hixe hatte das Wort hin und wieder im Fernsehen gehört, sich aber nie einen Reim darauf machen können.
«Das ist ja furchtbar», murmelte der junge Mann. «Passen Sie auf: Abgeordnete werden vom Volk gewählt. Vielleicht wissen Sie wenigstens, daß es verschiedene Parteien gibt?»
Hixe nickte. Auch davon hatte sie schon gehört. «Also», fuhr der junge Mann fort. «Wenn Wahlen vor der Tür stehen, schlägt jede Partei eine Reihe von Männern und Frauen als Abgeordnete vor. Bei der Wahl können die Bürger darüber abstimmen, wen sie im Parlament haben wollen. Die mit den meisten Stimmen werden Abgeordnete. Himmel, daß es einen erwachsenen Menschen gibt, der das nicht weiß!»
«Meine Tante war lange im Ausland», sagte Bert. «Sie hat . . .»

Hixe ließ ihn nicht ausreden.
«Und diese Abgeordneten, wie machen die nachher ihre Gesetze?»
«Das ist so: Jeder Abgeordnete kann im Parlament ein Gesetz vorschlagen. Gültig wird es aber erst, wenn die Mehrheit ja dazu gesagt hat. Und ein Land, in dem die Gesetze auf diese Weise gemacht werden, nennt man Demokratie.»
«Aha», nickte Hixe.
«Ich habe Ihnen natürlich alles nur ganz oberflächlich erklärt. Sonst würde es Stunden dauern. Kaufen Sie sich mal ein Buch darüber!»
«Vielleicht», sagte Hixe. «Nur eins noch: Kann eigentlich jeder Mensch Abgeordneter werden? Zum Beispiel der Vater von Bert?»
«Natürlich. Jeder, den die anderen für geeignet halten!»
«Und die Abgeordneten sind solche Leute wie die hier auf der Straße? Wie die Leute, die mit uns im Haus wohnen?»
«Nicht alle. Aber manche. Es kommt drauf an, wer gewählt wird.» Der junge Mann sah auf seine Uhr. «Ich muß rennen. Hoffentlich haben Sie alles verstanden. In welchem Ausland waren Sie eigentlich? Auf dem Mars?»
«Ist das in Amerika?» fragte Hixe, worauf der junge Mann verzweifelt die Hände zum Himmel hob und davoneilte.
Hixe sah hinter ihm her, bis er verschwunden war.
«Hast du gehört, Bert?» sagte sie. «Die Abgeordneten sind solche Leute wie dein Vater. Glaubst du das?»
«Klar.»
«Aber warum», fragte Hixe, «warum machen sie dann keine Gesetze, daß die Mieten billiger werden? Und daß einer wie der Quillinger nicht solche Macht hat?»
Bert dachte nach. Dann fiel ihm eine Antwort ein. «Vielleicht liegt es daran, weil im Parlament alle möglichen Abgeordneten sitzen. Solche, die Miete bezahlen müssen, und solche, denen die Häuser gehören und die soviel Miete wie möglich kassieren wollen. Du hast es doch eben gehört – es kommt drauf an, wer gewählt wird.»

Hixe schwieg.
«Kapierst du das nicht?» fragte Bert ungeduldig.
«Doch, doch», murmelte Hixe. «Ich kapier's schon. Ihr müßt eben die Richtigen wählen. Na ja, das ist eure Sache, ich hab' damit nichts zu tun, ich will ja bloß den Führerschein machen. Und jetzt muß ich nach Hause gehen. Womöglich wartet das Walroß auf mich. Es ist schon elf.»
Hixes Sorge war unbegründet. Herr Quillinger zeigte sich nicht. Nur eine Frau steckte den Kopf aus ihrer Wohnungstür.
«Da sind Sie ja endlich!» rief sie. «Sie sind doch die neue Hausmeisterin. Ich habe schon dauernd bei Ihnen geklingelt.»
«Warum denn?»

«Warum? Haben Sie keine Ohren? Hören Sie nichts?»
«Was denn?»
«Den Lärm! Die Kinder! Auf dem Hof!»
Hixe hob horchend den Kopf. «Die spielen wohl Fußball, was?» sagte sie anerkennend. «Dufte!»
Die Frau machte ein Gesicht, als habe sie angebrannten Grießbrei im Mund. «Dufte? So, Sie finden das dufte! Also, mich stört es! Und wenn Sie nicht sofort für Ruhe sorgen, melde ich es Herrn Quillinger.» Mit lautem Knall schlug sie ihre Tür zu.
«Wer war denn die alte Kuh?» fragte Hixe.
«Frau Ruppel», sagte Bert. «Die petzt alles dem Quillinger. Paß auf, das gibt Ärger! Na, ich geh' jetzt mal auf den Hof. Du jagst uns doch nicht weg?»
Hixe dachte nicht daran. Im Gegenteil, sie folgte Bert und sah zu, wie die Kinder hinter dem Ball herjagten. Als er in ihre Nähe trudelte, gab sie ihm laut johlend einen solchen Stoß, daß er steil in die Luft sieg. Quillinger und Frau Ruppel hatte sie vergessen. Erst als sie später an dem Ruppelschen Türschild vorbeiging, fiel ihr das Grießbreigesicht wieder ein.
«Bei den Menschen ist es wie bei den Hixen», sagte sie zu sich selbst. «Es gibt nette und weniger nette. Na ja, ich werde sie schon noch kennenlernen.» Und sie begann, das Treppenhaus sauberzumachen, schnell und bequem, wie es sich für eine Hixenhausmeisterin gehört.

8. Kapitel

in welchem Hixe eine Sorgenliste anlegt und von zwei Pralinen Bauchschmerzen bekommt

«Ich werde sie schon noch kennenlernen», hatte Hixe gesagt, und damit behielt sie recht. In den nächsten Wochen kamen nach und nach fast alle Hausbewohner an ihr vorbei, wenn sie auf der Treppe oder im Flur beschäftigt war: einkaufende Frauen, alte und junge Ehepaare, Männer, die zur Arbeit gingen, kleinere und größere Kinder. Und weil Hixe jedem mitten ins Gesicht sah und «Guten Tag, ich bin die neue Hausmeisterin» sagte, hatte mancher Zeit für ein paar Worte. Vor allem die Frauen blieben gern bei ihr stehen. Zuerst sprachen sie über das Wetter, über die Preise im Supermarkt, über ihre Kinder. Aber schon beim nächsten Mal fingen sie an, von ihren Sorgen zu reden. Das heißt, nicht jeder schien Sorgen zu haben. Fräulein Kempfe, die junge Lehrerin, sah immer vergnügt aus und erzählte oft etwas Lustiges aus der Schule. Auch Herr und Frau Obermann, die gerade braungebrannt von der Nordsee zurückgekehrt waren, hatten nur Angenehmes zu berichten, und Herr Seifert, Trompeter im Opernorchester, pfiff fast immer irgendeine Melodie vor sich hin. Die meisten jedoch, das wußte Hixe bald, wurden von mehr Sorgen geplagt, als Hixen ahnen konnten. Und weil sie dem Oberhix später einen ordentlichen Bericht geben wollte, legte sie eine Sorgenliste an. Darin stand zum Beispiel:

«Frau Berger ist geschieden und arbeitet bei der Post. Ihre kleine Sabine ist den ganzen Tag allein, sie hat keinen Platz im Kindergarten. Frau Markgrafs Sessel sind aus dem Leim gegangen, und neue sind zu teuer.

Der alte Herr Makowski und seine Frau hatten einen kleinen Laden, den mußten sie zumachen, weil vor zwei Jahren nebenan ein Supermarkt hingekommen ist. Jetzt ist der Herr Makowski krank und soll ganz besondere Sachen essen, aber die

sind viel zu teuer. Er müßte auch zur Kur fahren, aber dafür haben sie kein Geld.
Die Frau von dem alten Herrn Mittelstedt hat einen Schlaganfall gehabt. Sie kann nicht mehr laufen, und er schafft die Pflege kaum noch, aber eine Hilfe ist zu teuer.
Frau Schwarz sagt, in der Klasse von ihrem Sohn sind fünfzig Kinder, deshalb lernt er nicht genug, und sie kann ihm nicht helfen, weil sie früher auch nicht genug gelernt hat.
Die Waschmaschine von Frau Schrader ist Schund und dauernd kaputt, und die Reparatur kostet viel zuviel.
In der Nähe ist kein Spielplatz. Die Kinder spielen auf der Straße, und die Monika von Frau Humbacher ist überfahren worden. Sie liegt auf dem Friedhof, und Frau Humbacher weint immerzu.
Mayers haben vier Kinder, und die Wohnung ist zu klein, aber eine größere ist zu teuer.
Das Fleisch wird immer teurer. Schuhe und Kleider werden immer teurer. Die Leute haben Angst, daß auch die Miete noch teurer wird.»
So ging es weiter in Hixes Sorgenliste, und immer kehrte das Wort «teuer» wieder.
«Wohnen hier im Haus denn lauter arme Leute?» hatte sie eines Abends Frau Kreck gefragt, als sie wieder einmal bei ihr in der Küche saß. «Keiner kommt mit seinem Geld zurecht.»
«Arm?» Frau Kreck dachte nach. «Nein, das kann man nicht sagen. Einigen geht es sogar ganz besonders gut. Obermanns zum Beispiel! Die haben keine Kinder, und beide arbeiten. Und auch von den anderen ist keiner arm. Alle haben Arbeit, alle verdienen, und wer alt ist, bekommt Rente. Fast jeder hat seine Waschmaschine und seinen Kühlschrank, viele ein Auto . . .»
«Aber woran liegt es dann?» bohrte Hixe weiter.
«Vielleicht», sagte Frau Kreck, «vielleicht liegt es daran, daß es so viel zu kaufen gibt und einem dauernd vorgeredet wird, daß man es haben müßte, um glücklich zu sein. Möbel und schöne Kleider und Elektrosachen und all das. Man braucht es gar

nicht unbedingt, aber weil andere es haben, möchte man es auch gern haben, ist doch klar. Die Farbfernseher zum Beispiel. Früher waren alle ganz zufrieden mit schwarzweiß. Aber dann hat einer hier im Haus mit Farbe angefangen, und gleich haben es andere nachgemacht, auch solche, die es sich eigentlich nicht leisten konnten. Aber so ist das. Man kauft und kauft, und kaum hat man was, hat irgendwer schon wieder etwas Moderneres, und das Geld reicht nie. Und wenn man einen Haufen Miete zahlen muß wie wir, kommt man überhaupt nicht mehr über die Runden. Dann sitzt man plötzlich mit den Raten fest und kann sich nicht mal mehr das kaufen, was wirklich nötig ist. Na, Sie wissen das ja selbst.»

O ja, Hixe wußte es nur zu genau. Sie kam mit dem Geld ebenfalls nicht über die Runden, vor allem wegen der teuren Fahrstunden. In den vier Wochen, die sie bei den Menschen lebte, hatte sie acht Stunden genommen und so viel dafür bezahlen müssen, daß es ihr allmählich den Spaß verdarb. Überhaupt, so herrlich wie am Anfang fand sie die Fahrerei längst nicht mehr. In den ersten Stunden am Steuer hatte sie das Gefühl gehabt, noch höher und schneller zu fliegen als mit ihrem Besen. Aber sie merkte bald, daß das nur Einbildung war. Nein, ein Auto war kein Besenstiel. Es steckte meistens in einer Kolonne, an jeder zweiten Ecke gab es Stoppschilder, die Luft war eine dikke Auspuffgassuppe, und wenn man nicht aufpaßte, rempelte man gegen fremde Kotflügel. Und dazu noch der hohe Stundenpreis! Frau Kreck hatte recht: Es gab so viele andere Dinge, die Hixe gern besitzen wollte. Aber bei ihrer knappen Kasse konnte sie sich höchstens die Nase an den Schaufenstern platt drücken.

Ob sich das jemals ändern würde? Und ob sie den Führerschein überhaupt machen konnte?

«Ich hab' kein Geld mehr!» jammerte sie, als sie Bert nach ihrer neunten Fahrstunde im Treppenhaus traf. «Ich weiß nicht, wovon ich die nächste Stunde bezahlen soll. Und die Prüfung kostet doch auch Geld. Was soll ich bloß tun?»

Hilfesuchend sah sie Bert an.

Aber Bert hatte andere Sorgen.
«Dann dauert es eben ein bißchen länger mit deinem Führerschein», sagte er. «Es gibt viel Schlimmeres. Frag mal meine Mutter.»
«Was ist denn passiert?»
Bert schob seinen Kaugummi von der rechten in die linke Backe. «Irgendwer hat behauptet, daß die Miete wieder hochgesetzt werden soll, sogar saftig. Und meine Mutter hat dir doch gesagt, daß wir das nicht mehr verkraften können. Was meinst du, wie die sich jetzt aufregt.»
«Vielleicht ist es bloß Geschwätz», meinte Hixe.
«Glaub' ich nicht. Wenn so was geredet wird, ist meistens was dran. Das Walroß wird sich schon einen Grund ausdenken.»
«Das Walroß . . .», begann Hixe. Aber bevor sie zu Ende sprechen konnte, ging die Haustür auf, und wer erschien? Das Walroß!
Dieser Besuch war keine Seltenheit. Herr Quillinger hielt es für angebracht, immer wieder überraschende Kontrollen durchzuführen. Die früheren Hausmeisterinnen hatten sich schwarz darüber geärgert. Hixe dagegen freute sich über die Gelegenheit, ihrem Chef eins auszuwischen. Hix, machte sie auch diesmal – und schon saß er auf seinem Hinterteil.
Wütend starrte er Hixe an. «Schmieren Sie hier etwa pfundweise Bohnerwachs hin? Oder warum ist es so rutschig? Und wieso stehen Sie da herum? Haben Sie nichts zu tun?»
«Alles fertig», meldete Hixe höflich.
Herr Quillinger richtete sich ächzend auf und warf einen mißtrauischen Blick auf die Treppe. Sie blitzte, und das ärgerte ihn besonders. «Könnte sauberer sein», knurrte er. «So, und jetzt will ich Ihnen mal was sagen. Ich habe schon wieder gehört, daß Sie die Kinder im Hof und im Treppenhaus herumtoben lassen. Daß Sie Ihnen dabei sogar noch zugucken! Können Sie denn nicht begreifen, was Ihre Pflicht . . .»
Er sprach nicht weiter, weil er schon wieder unten lag – diesmal auf dem Bauch, genau vor Hixes Füßen.
«Warum fallen Sie eigentlich immer hin?» erkundigte sie sich.

«Sind Sie krank?»
«Halten Sie den Mund», schnauzte Herr Quillinger. «Und gehen Sie morgen früh zu meiner Frau zum Saubermachen. Punkt acht. Keine Minute später.»
Damit erhob er sich zum zweitenmal und verschwand. Daß sein linkes Hosenbein von oben bis unten aufgerissen war, merkte er erst später.
Hixe lachte hinter ihm her. «Na, wie hab' ich das gemacht?»
Bert lachte ebenfalls. Aber er hörte gleich wieder auf.
«Ist ja ganz lustig, wenn er sich hinlegt. Bloß – was nützt das? Sind doch nur Mätzchen. Wenn nicht mehr drin ist in deiner Hixerei . . .»
«Mätzchen?» rief Hixe empört. «Wieso Mätzchen? Du hast doch gesehen, wie wütend er war. Und wie bedeppert er abgezogen ist. Und seine kaputte Hose . . .!»
Ihre Stimme wurde immer leiser. Denn sie fand, daß Bert recht hatte. Ein bißchen ärgern konnte sie das Walroß, zu mehr langte es nicht. Krecks helfen – das, was sie so gern wollte –, damit klappte es nie. Erst kürzlich, als sie versucht hatte, Frau Krecks alte, kaputte Bettwäsche in neue umzuhixen, war es wieder schiefgegangen.
«Nun guck nicht so belämmert», sagte Bert. «Und komm heute abend zum Fernsehen. Meine Mutter mag dich.»
Hixe nickte. Sie mochte Frau Kreck ebenfalls. Sie saßen oft am Abend zusammen, unterhielten sich über das, was sie tagsüber erlebt hatten, oder sahen fern. Und sonntags spielten sie mit Bert und Herrn Kreck Karten. Herr Kreck konnte so nett und lustig sein, wenn ihm niemand etwas vorjammerte oder von ihm verlangte, daß er staubsaugen sollte. Hixe fand es bei Krecks sehr gemütlich, meistens jedenfalls.
An diesem Abend jedoch merkte sie gleich, als sie ins Wohnzimmer kam, daß von Gemütlichkeit keine Rede war. Herr Kreck grüßte kaum, und seine Frau sah noch bekümmerter aus als sonst. Teilnahmslos ließ sie die Werbesendung über sich ergehen. «Frisch und froh dank Maxido», verkündete ein Herr im Arztkittel, während er strahlend eine Tablettenschachtel

schwenkte. «Maxido gegen Schmerzen jeder Art. Auch für Sie!» Danach kamen das Waschmittel mit den doppelten Weißmachern, der Mann, der meilenweit für eine Camel geht, das zarte Spülmittel für zarte Hände, der weiße Wirbelwind, der jeden Schmutz vertreibt. Hixe fand es langweilig. Komisch, daß die Menschen sich immer wieder den gleichen Quatsch ansahen. Hixen täten das nicht, dachte sie. Wahrscheinlich sind die Menschen doch dümmer als wir.

Endlich begann der Film.

Es war ein Film über eine schöne Familie in einem schönen Haus mit einem schönen Garten. Sie redeten so albernes Zeug, daß es Hixe auf die Nerven ging.

«Blödsinn!» sagte sie. «Wie die da spricht doch kein Mensch. Finden Sie nicht auch?»

Statt einer Antwort fing Frau Kreck an zu weinen. «Die haben so ein großes Haus! Und wir können nicht mal unsere Miete zahlen.»

Herr Kreck schob sein Bierglas beiseite. «Ich halte dieses Geplärre nicht aus», sagte er. «Wiedersehen.»

Hixe hörte, wie er die Wohnungstür hinter sich zuschlug. «Das meint er nicht so», schluchzte Frau Kreck. «Er ist bloß unglücklich, weil er uns nicht helfen kann.»

«Klar», sagte Hixe. «Ist doch klar wie Kloßbrühe.» Es machte sie ebenfalls unglücklich, daß sie so hilflos war. Krampfhaft suchte sie nach irgendeinem Trost, und was ihr einfiel, waren Pralinen. Pralinen aß Berts Mutter lieber als alles andere. Beim Pralinenessen, Hixe hatte es selbst gesehen, bekam sie rote Backen und glänzende Augen. Pralinen würden sie vielleicht trösten.

«Hix!» machte Hixe leise und stellte sich eine Pralinenschachtel vor, eine große, bunte Pralinenschachtel. Aber so sehr sie sich anstrengte, es klappte wieder einmal nicht.

Pralinen, dachte Hixe. Ich brauche Pralinen. Der Gedanke hakte sich in ihrem Kopf fest, bis sie aufsprang, genauso hastig wie vorher Herr Kreck. «Ich bin gleich wieder da!» rief sie, rannte in ihre Wohnung, schwang sich auf den Besen, flog zum

Kaufhaus, stieg durch das offene Fenster, rannte in die Lebensmittelabteilung, nahm die größte, schönste Pralinenschachtel vom Regal und brauste heimwärts. Das Ganze hatte kaum zehn Minuten gedauert.
Atemlos erschien sie wieder bei Frau Kreck. «Da!» sagte sie und hielt ihr die Pralinenschachtel entgegen. «Hören Sie auf zu heulen. Essen Sie lieber!»
Danach saßen sie schweigend vor dem Fernseher und vertilgten die Pralinen. Das heißt, Hixe aß nur zwei, denn sie hatte Bauchschmerzen.
Verbibst noch mal, dachte sie, ich habe doch nicht zu meinem Vergnügen geklaut.
Trotzdem, es piekte und zwickte weiter, sogar noch, als sie im Bett lag. Erst lange nach Mitternacht schlief sie ein. Kein Wunder, daß sie schlechte Laune hatte, als sie am nächsten Morgen zu Quillingers ging.

9. Kapitel

in dem Hixe fremde Briefe liest
und die Suche nach dem Meisterhix beginnt

Punkt acht stand Hixe vor Quillingers Haus. Es lag mitten in einem großen Garten. Kinder hätten darin viel Platz gehabt: Platz zum Spielen, Bäume zum Klettern, Büsche zum Verstekken. Doch Herr Quillinger hatte keine Kinder, er hatte nur eine Frau. Sie war etwa halb so groß und halb so dick wie er und hielt ihren Mann für einen guten Menschen. Sie bekam von ihm, was sie sich wünschte, und er nahm ihr ab, was er konnte. Zwar kommandierte er sie herum wie ein Kind. Aber schon ihre Mutter hatte ihr beigebracht, daß der Mann alles besser weiß und immer recht hat. Nie wäre es Frau Quillinger in den Sinn gekommen, an ihrem Mann Kritik zu üben.

«Er sorgt für mich wie ein Vater», sagte sie zu ihren Bekannten. «Und zu seinen Mietern ist er genauso.»
Auch Hixe gegenüber hatte sie dergleichen geäußert. Seitdem hielt Hixe sie für eine dumme Gans.
«Tag», brummte sie, als Frau Quillinger die Tür öffnete. «Wo soll ich anfangen? Im Wohnzimmer?»
Sie war schon ein paarmal dagewesen und wußte im Haus Bescheid.
Frau Quillinger schüttelte Hixes Hand. «Nett, daß Sie gekommen sind, Frau Hauser. Ich kann mich vor Rückenschmerzen mal wieder kaum rühren. In der Küche steht noch Kaffee. Mögen Sie eine Tasse?»
«Von mir aus», wollte Hixe sagen, doch da tauchte Herr Quillinger auf. «Aber Schatz», sagte er. «Frau Hauser ist doch nicht zum Kaffeetrinken hier! Los, Frau Hauser, fangen Sie an! Sie wissen doch, meine Frau muß sich schonen. Leg dich hin, Schatz!»
Er ging wieder, und Frau Quillinger seufzte: «Ach, mein Mann. Nehmen Sie's ihm nicht übel, er meint es nicht so.»
Hixe sah sie kopfschüttelnd an. «Reden Sie keinen Stuß!» sagte sie. «Klar meint er es so. Komisch, daß Sie das nicht merken.»
Damit ließ sie die erschrockene Frau Quillinger stehen und machte sich an die Arbeit. Hix, hix, hix, hix, ging es, hix, hix, hix. Es klappte ununterbrochen, zu Hixes eigenem Staunen.
Die einzige Schwierigkeit war, daß Frau Quillinger nichts merken durfte. Immer, wenn sie ins Zimmer kam, putzte Hixe wie wild an einem Möbelstück herum. Aber kaum war sie wieder allein, setzte sie sich gemütlich hin und ruhte sich aus.
Trotzdem konnte Frau Quillinger sich nicht genug wundern, wie schnell ihre Wohnung auf Hochglanz kam. «Sie sind wirklich fabelhaft tüchtig!» rief sie. «Karl, Frau Hauser ist schon fertig!»
«Wird auch Zeit», sagte Herr Quillinger. «Kommen Sie her, Frau Hauser, ich habe noch etwas für Sie zu tun. Stecken Sie die Briefe dort in Umschläge. Sie können sie gleich mitnehmen und an die Mieter im Haus verteilen.»

«An welche Mieter?»
«An alle. Die Namen stehen drauf. Passen Sie auf, daß jeder Brief in den richtigen Umschlag kommt. Auf Wiedersehen, Schatz, ich muß etwas besorgen.»
Mit diesen Worten meinte er natürlich nicht Hixe, sondern seine Frau, die ebenfalls «Auf Wiedersehen, Schatz» rief.
«Schatz», murmelte Hixe verachtungsvoll. «Schöner Schatz.»
Sie nahm den ersten Brief in die Hand. Er war an Herrn Ernst Humbacher gerichtet. Humbacher – so hieß die Familie, deren Tochter unter ein Auto gekommen war.
«Sehr geehrter Herr Humbacher», fing der Brief an. «Wegen der ständig steigenden Kosten für den Unterhalt des Hauses, und da der durchschnittliche Mietwert in der Neuburger Straße und Umgebung allgemein gestiegen ist, sehe ich mich genötigt, die Miete für Ihre Wohnung um 10 Prozent zu erhöhen . . .»
10 Prozent! Hixe verstand den Brief zwar nicht ganz, und sie wußte auch nicht, was 10 Prozent bedeuteten. Aber das Walroß hatte alles genau ausgerechnet. Humbachers sollten in Zukunft für ihre Dreizimmerwohnung nicht mehr 448 Mark, sondern 493 Mark bezahlen.
Da werden sie aber jammern, dachte Hixe. Wo Frau Humbacher sowieso nie mit dem Wirtschaftsgeld zurechtkommt.
Sie nahm den zweiten Brief zur Hand. Dieselbe Nachricht, diesmal für Familie Schwarz, die statt 434 Mark jetzt 478 Mark bezahlen sollte. Der nächste, der übernächste Brief – in jedem las Hixe das gleiche. Als sie den Brief für Krecks fand, mochte sie kaum hingucken. Krecks Wohnung war genauso groß wie Humbachers. Fast fünfhundert Mark Miete!
Hixe stellte sich Frau Krecks Gesicht vor, und am liebsten hätte sie den verhängnisvollen Brief zerrissen. Was sollte sie nur tun? Die Briefe nicht abliefern? Unsinn, das Walroß würde neue schreiben. Irgend etwas hixen? Ja, das war's! Die Zahlen weghixen! Die Zahlen mit der Mieterhöhung! Oder noch besser: An ihre Stelle niedrigere Zahlen hixen. Die Miete heruntersetzen!
Hixe beugte sich über den Brief, den sie gerade in der Hand hielt, und holte Luft: «Hix! Hix!»

Doch die Zahlen blieben, wie sie waren.
Es klappte nicht. Es konnte auch nicht klappen, denn Hilfe für Menschen war im Hixenplan nicht vorgesehen. Hixe erboste es trotzdem über alle Maßen. «Verbibst, verbibst, verbibst!» kreischte sie so laut, daß Frau Quillinger den Kopf durch die Tür steckte und fragte, ob etwas passiert sei.
«Nichts», sagte Hixe. «Übrigens, wissen Sie, daß die Mieten wieder erhöht sind? Die kosten doch sowieso schon genug!»
«Aber Frau Hauser», wunderte sich Frau Quillinger, «was geht Sie das an? Gut, daß mein Mann nicht zuhört. Er sagt immer, daß er viel zu billig vermietet. Die Löhne steigen, alles wird teurer – warum soll da die Miete nicht teurer werden? Mein Mann ist doch kein Wohltätigkeitsverein.»
«Die Leute erzählen, er ist Millionär», rief Hixe wütend. «Er baut schon wieder ein neues Haus.»
«Und warum nicht?» Frau Quillinger lächelte freundlich. «Ist das etwa verboten? Ich verstehe gar nicht, warum Sie sich aufregen. Mögen Sie jetzt Kaffee trinken? Sie waren doch so fleißig.»
«Trinken Sie Ihren Kaffee alleine», fauchte Hixe. «Ich hab's eilig.»
Das stimmte sogar. Hixe wollte schnellstens fertig werden. Denn plötzlich war ihr jemand eingefallen: Der oberste, erhabenste, ehrwürdigste, mächtigste und höchste Meister aller Hixen, Unter- und Oberhixen, kurz Meisterhix genannt. Hixe hatte ihn noch nie gesehen. Sie wußte nur, daß es ihn gab. Alle Hixen wußten es und flüsterten voll Ehrfurcht seinen Namen. Er war, so hieß es, groß und wunderbar und konnte sozusagen beinahe alles. Diesen Meisterhix wollte sie um Hilfe bitten.
Wie besessen steckte sie die Briefe in die Umschläge, verstaute den ganzen Stapel in ihrer Einkaufstasche und rannte im Dauerlauf heim. Zu Frau Ruppel, die ihren Kopf aus der Tür steckte, um sich über irgend etwas zu beschweren, sagte sie nur «Klappe!» Sie stürzte in ihre Wohnung, machte sich unsichtbar, sprang auf den Besen, sauste zum Fenster hinaus.

Außer Atem, in der linken Hand die Tasche mit den Briefen, landete sie am Waldsee.
Als erstes hörte sie ein bekanntes Geräusch. Es kam aus dem Mund des Oberhix, der schnarchend an seiner Lieblingstanne lehnte. Neben ihm hüpfte eine Amsel im Gras herum und suchte Würmer.
Trotz ihrer Aufregung mußte Hixe grinsen. Alles wie sonst, dachte sie und rüttelte den Oberhix an der Schulter.
Verschlafen riß er die Augen auf. «Wer ist denn das? Die kenn' ich doch nicht?»
«Mann!» rief Hixe. «Red keinen . . .» Ihr fiel ein, daß sie noch die Luise-Hauser-Gestalt hatte. Ein kurzes Hix, und der Oberhix blickte in Hixes Zottelgesicht mit den vertrauten Schneidezähnen, riesig und schwarz wie eh und je.
Vor Freude wurde er beinahe munter. «Ach, du bist es», grunzte er. «Hast du die Nase voll von den Menschen? Bleibst du jetzt hier?»
Hixe schüttelte den Kopf. «Kommt nicht in Frage. Ich stecke mitten im Führerschein.»
«Wo steckst du?» erkundigte sich der Oberhix, denn er wußte längst nicht mehr, was Hixe ihm vor ihrem Aufbruch erklärt hatte.
Hixe trat vor Ungeduld von einem Fuß auf den anderen. «Hör auf zu fragen. Später erzähle ich dir alles, eine Menge! Da wirst du staunen. Aber heute bin ich in Eile. Ich muß zum Meisterhix. Weißt du, wo er wohnt?»
Der Oberhix legte erschrocken den Finger auf die Lippen. «Sprich nicht so laut! Den Namen des Meisterhix darf man nur flüsternd nennen.
«Mach's nicht so spannend», sagte Hixe. «Du siehst doch, daß ich es eilig habe. Also wo wohnt der» – und jetzt senkte sie vorsichtshalber doch die Stimme – «wo wohnt der Meisterhix?»
«Wo er wohnt?» Der Oberhix schloß feierlich die Augen, als müsse er in sich hineinschauen. «Er wohnt – natürlich, er wohnt – – ich weiß es nicht.»

Er machte die Augen wieder auf und blinzelte verlegen an Hixe vorbei. Das verriet ihr alles.
«Du schwindelst!» rief sie. «Du weißt, wo er wohnt! Verbibst noch mal, sag es mir! Sofort!»
«Ich darf nicht», jammerte der Oberhix. «Es ist verboten. Nur Oberhixen und andere höhergestellte Persönlichkeiten dürfen es wissen.» Gleichzeitig fing er an, sich die Haare zu raufen. Denn er ahnte, was ihm bevorstand.
Da ging es schon los! Hixe begann zu heulen, so laut und herzzerreißend, daß die Amsel einen fetten Wurm aus dem Schnabel fallen ließ und davonflatterte.
«Ich muß es wissen! Ich muß den Meisterhix um Hilfe bitten. Sonst ist alles – huhuhu – alles – huhuhuhu – verloren.»
Sie heulte, wie sie noch nie geheult hatte. Dem Oberhix drehte sich der Magen um. Es fehlte nicht viel, und er hätte mitgeheult.
«Hör auf!» flehte er. «Hör auf, ich kann das nicht aushalten. Man muß sich auf einen Besen setzen und dreimal ‹Der Meisterhix ist groß und wunderbar› flüstern. Dann bringt einen der Besen zu ihm hin. Hör auf zu heulen!»
Hixe verstummte so prompt, als hätte jemand auf einen Knopf gedrückt. Hastig griff sie nach ihrem Besen.
«Halt!» rief der Oberhix. «So geht das nicht.»
«Warum nicht? Du hast doch gesagt . . .»
«Das war noch nicht alles», stöhnte der Oberhix. «Es muß ein Oberhixbesen sein. Und ein Oberhix muß draufsitzen. Sonst finktioniert es nicht.»
«Funktioniert», verbesserte Hixe trotz ihrer Eile. «Funk-ti-o-niert. Also komm, wir fliegen los.»
«Wieso wir?» jammerte der Oberhix. Er wollte sagen, daß er sich davor fürchtete, dem Meisterhix von Angesicht zu Angesicht gegenüberzutreten und im übrigen weder seinen Rat noch seine Hilfe brauchte. Aber ein langgezogener Klageton aus Hixes Mund brach seinen Widerstand. «Wenn's unbedingt sein muß. Bis jetzt hat es noch keiner gewagt, den ich kenne.»
Hixe saß bereits auf seinem Besen.

«Beeil dich! Jede Minute ist kostbar. Sei nicht so lahm!» Sie zog ihn auf den Besenstiel und knuffte ihn anfeuernd in den Rükken. Der Oberhix war nahe daran, wieder abzusteigen. «Ich weiß wirklich nicht, warum ich das alles für dich tue», grunzte er verzweifelt, murmelte aber doch dreimal hintereinander: «Der Meisterhix ist groß und wunderbar.»

Der Besen setzte sich in Bewegung, langsam zuerst, dann schneller, immer schneller, so schnell, daß Hixe sich an dem lila Bademantel festklammern mußte.

«Hast du eine Ahnung, in welcher Richtung wir fliegen?» schrie sie dem Oberhix ins Ohr.

«Nein», brüllte er durch den Wind. «Ich habe das Gefühl, es geht immerzu im Zickzack. Scheint eine weite Reise zu werden.»

In wilden Kurven sauste der Besen dahin. Hixe merkte, wie ihr schlecht wurde, im Magen, im Kopf, überall.

«Ich kann nicht mehr», stöhnte sie. «Ich kann nicht mehr.»

Der Oberhix hörte es nicht im Heulen des Windes. Der Besen hörte es auch nicht. Er raste weiter, in endlosen Zickzackkurven. Hixe hing mit letzter Kraft an dem lila Bademantel – da verlangsamte sich das Tempo. «Wir landen!» brüllte der Oberhix. «Achtung!»

Hixe holte tief Luft und schüttelte sich. Die Aussicht, in wenigen Sekunden dem Meisterhix gegenüberzustehen, gab ihr neue Kraft.

Aber als sie endlich festen Boden unter den Füßen spürte, konnte sie keinen Meisterhix entdecken. Sie sah nur den Oberhix, der mit genauso verblüfftem Gesicht wie Hixe dastand. Denn der Platz, auf dem sie gelandet waren, kam ihnen merkwürdig bekannt vor. Die Lichtung . . . die große Tanne . . . der Waldsee . . .! Sogar die Amsel, die mit einem Wurm im Schnabel herumhüpfte, war keine Fremde.

«Mann», ächzte Hixe. «Mann, verbibst noch mal, das haut mich um.»

«Mich auch», stöhnte der Oberhix. «Mich auch.»

Mit allem möglichen hatten sie gerechnet. Doch damit, daß sie auf ihrem Weg zum Meisterhix dort landen würden, wo sie hergekommen waren – damit nicht.

«Du hast etwas falsch gemacht», klagte Hixe. «Du Trottel hast nicht die richtigen Worte geflüstert.»

Der Oberhix fing an zu stottern, so gekränkt war er. «E-e-erstens verbitte ich mir, daß du mich, deinen Oberhix, einen Tro-Tro-Trottel nennst. Und zweitens habe ich absilut – ich wiederhole, absilut nichts falsch gemacht! Dreimal ‹Der Meisterhix ist groß und wunderbar› flüstern. Seit mehreren tausend Jahren ist das bekannt! Falsch gemacht! Trottel! Das hat man von seiner Gutmütigkeit.»

Grollend setzte er sich unter seinen Baum.

«Okay», murmelte Hixe beruhigend und hockte sich neben ihn. «Ist ja okay. Ich glaube dir ja, daß du nichts dafür kannst. Ist denn überhaupt schon mal jemand beim Meisterhix gewesen?»

«Weiß ich nicht. Ich kenne keinen.»

«Vielleicht», murmelte Hixe, «vielleicht gibt es ihn gar nicht?»

Der Oberhix fuhr zusammen. Sein Gesicht über dem lila Bademantel wurde grün vor Schreck. Dann fing er an zu brüllen. «Ich als dein Oberhix», brüllte er, «ich verbiete dir, so etwas zu sagen. Das ist . . . das ist ja . . .! Ich als dein Oberhix . . . ich verbiete . . . das ist . . . das ist . . .»

Er schnappte nach Worten. Weil er die richtigen nicht fand, wurde er immer aufgeregter. «Das ist», japste er schließlich nur noch, «das ist . . .» Und plötzlich, von einer Sekunde zur anderen, schlief er ein.

Hixe blieb eine Weile neben dem schnarchenden Oberhix sitzen. «Trottel», sagte sie liebevoll, «Trottel.» Dann nahm sie die Tasche mit den Briefen und flog in die Stadt zurück. Sie hatte keine Ahnung, was sie tun sollte.

Verbibst noch mal, vielleicht fällt mir etwas ein, dachte sie verzweifelt, als sie wieder in ihrem Zimmer stand. Und vielleicht wäre ihr sogar etwas eingefallen, wenn nicht Herr Quillinger an ihrer Tür geklingelt hätte.

«Was ist eigentlich mit den Briefen los?» fragte er. «Haben Sie sie immer noch nicht in die Kästen gesteckt?»
Hixe schüttelte den Kopf, und Herr Quillinger kam in Fahrt. «Warum nicht, Sie pflichtvergessene Person? Warum nicht? Was stellen Sie sich . . .» Mitten in seinem Zornesausbruch verstummte er. Hixe hatte ihm den Rücken zugedreht. Sie ging in ihr Zimmer, kam mit der Einkaufstasche zurück und schüttelte dem Walroß die Briefe vor die Füße. «Tragen Sie Ihren Mist selber aus», sagte sie erbittert. Nach diesen Worten knallte sie die Wohnungstür zu.
Quillinger traute seinen Augen nicht. Die ist verrückt geworden, dachte er, total verrückt. «Sie sind entlassen», wollte er donnern. Doch nach «sind» klappte er seinen Mund rasch wieder zu. Denn noch rechtzeitig erinnerte er sich daran, wie billig und gut diese Frau arbeitete. Und weil Herr Quillinger selbst mitten in einem Wutanfall rechnen konnte, verschluckte er den Rest des Satzes. Beinahe wäre er daran erstickt. Aber zu seinem Glück kamen zwei Kinder der Familie Mayer lachend und lärmend auf dem Treppengeländer heruntergerutscht, und Herr Quillinger konnte seine verschluckte Wut ausspucken. Er donnerte nicht nur – nein, er kündigte! Er kündigte der Familie Mayer wegen Nichtbeachtung der Hausordnung und mutwilliger Beschädigung des Treppenhauses. Danach fühlte er sich wieder wohl genug, um seine Briefe aufzuheben und einen nach dem anderen in die Briefkästen zu stecken.

10. Kapitel

in welchem Herr Quillinger ein Gespenst erblickt und Hixe im Kaufhaus einschläft

Hixe, die hinter der Tür stand, war Zeuge von Quillingers Kündigung geworden. Aber sie hatte darauf verzichtet, ihn mit einem gezielten Hix zu Fall zu bringen. Bert hatte recht, es waren Mätzchen, die niemandem halfen. Die Briefe steckten in den Kästen, auch der für Krecks. Die arme Frau Kreck . . .
Bedrückt ging Hixe in ihrem Zimmer hin und her. Um fünf hatte sie die nächste Fahrstunde, und um sich abzulenken, beschloß sie, noch einmal die Verkehrsregeln zu wiederholen. Auf ihrem Tisch lag ein Buch, in dem alles verzeichnet war, was ein Autofahrer wissen muß: die Bedeutung sämtlicher Verkehrszeichen, das richtige Verhalten am Steuer, wer wann Vorfahrt hat, welche Geschwindigkeiten wo erlaubt sind und so weiter. Es waren ein paar hundert Regeln.

«Vor der Fahrprüfung müssen Sie eine schriftliche Prüfung machen», hatte der Fahrlehrer gesagt. «Und wer den Inhalt dieses Buches nicht im Kopf hat, fällt durch.»

Gut, daß Hixes Kopf trotz seines hohen Alters so frisch war. Sie kannte das Buch längst auswendig. Nur vorsichtshalber nahm sie es auch jetzt wieder vor, und noch auf dem Weg zur Fahrstunde murmelte sie die einzelnen Verbote und Gebote vor sich hin.

Der Fahrlehrer saß bereits im Auto, als Hixe kam.

«Zwei Minuten zu spät», sagte er zur Begrüßung. «Steigen Sie ein. Handbremse lösen, Leerlauf einlegen . . .»

«Weiß ich alles», unterbrach ihn Hixe. Sanft und elegant fuhr sie an, mitten in den Nachmittagsverkehr hinein.

Wie sicher sie ist! dachte der Fahrlehrer gereizt. Wie sie die Spur hält und links abbiegt! Sogar das Einparken klappt. Die könnte glatt in die Prüfung gehen. Zum Auswachsen!

Und weil er sich um mindestens dreißig Fahrstunden betrogen

fühlte, versuchte er, Hixe nervös zu machen. «Wollen Sie den Radfahrer umbringen?» zeterte er. «Vorsicht, dort kommt ein Stoppschild! Langsamer! Denken Sie etwa, daß Sie allein auf der Straße sind? Entsetzlich! Und so was will den Führerschein kriegen!»

Hixe ließ sich nicht aus der Fassung bringen. Seelenruhig kurvte sie von Ampel zu Ampel, durch Einbahnstraßen und Kreisverkehr, bis die Stunde zu Ende war. Dann zog sie die Handbremse an, legte den ersten Gang ein und sagte: «So, das war die letzte.»

«Die letzte was?»

«Fahrstunde. Denken Sie, ich schmeiße mein Geld zum Fenster 'raus? Ich kann fahren, ich will den Führerschein machen.»

Der Fahrlehrer stöhnte laut. «Nach zehn Stunden? In Ihrem Alter? Andere Frauen brauchen da mindestens vierzig.»

«Das wollen Sie ja bloß», sagte Hixe. «Und wenn ich fünfhundert Jahre wäre, müßte ich fünfhundert Stunden bezahlen, wie? Also, wann geht es los?»

Sie funkelte den Fahrlehrer so hixisch an, daß ihm unheimlich wurde, obwohl er nicht wußte, warum.

«Frühestens in vierzehn Tagen. Ich muß Sie doch erst für die Prüfung anmelden. Nehmen Sie lieber noch ein paar Stunden. Sonst vergessen Sie womöglich alles wieder.»

«Vergessen?» Hixe lachte. «Reden Sie kein Blech, Mann. Ich vergesse nie etwas. Also, nächste Woche frag ich mal nach. Wiedersehen.»

Vergnügt wie lange nicht kehrte sie in die Neuburger Straße zurück. Ich kann fahren, dachte sie, ich kann fahren. Ihr war so leicht zumute, als säße sie auf einem Besenstiel.

Im Treppenhaus traf sie Frau Mayer, jene Frau Mayer, der das Walroß vor einigen Stunden gekündigt hatte. Und Frau Mayer strahlte! «Stellen Sie sich vor, Frau Hauser! Wir haben eine neue Wohnung!»

«So schnell?» staunte Hixe. «Das gibt's doch nicht.»

«Doch, das gibt's. Ich habe eine Freundin angerufen, und die kennt jemanden, und der . . . Also, zufällig wird da eine

Wohnung frei, am Stadtrand, in einem Vierfamilienhaus. Mit Garten! Und der Besitzer hat nichts gegen Kinder. Er hat selbst drei. Er hat uns sofort genommen!»

Frau Mayer fiel Hixe um den Hals und drückte ihr einen Kuß auf die Backe. Hixe, der noch nie jemand einen Kuß gegeben hatte, wischte erst einmal den feuchten Fleck ab, bevor sie sagte: «Na, da haben Sie aber Glück! Dufte! Und ich hab' schon gedacht, alle Hausbesitzer sind wie der Quillinger.»

«I wo!» sagte Frau Mayer. «Es gibt solche und solche, gute und schlechte. Man kann Pech haben oder Glück, wie's gerade kommt.»

Hixe überlegte eine Weile. «Und wer nicht so viel Glück hat», meinte sie, «der ist aufgeschmissen.»

Frau Mayer nickte. «Da haben Sie recht. Und gegen Leute wie den Quillinger sollte man wirklich etwas unternehmen. Aber was?»

«Ist doch ganz einfach!» rief Hixe. «Sie und alle Leute hier im Haus müssen bloß die richtigen Abgeordneten wählen. Solche, die richtige Gesetze machen und dafür sorgen, daß jemand wie der Quillinger nicht tun kann, was er will.»

Frau Mayer winkte ab. «Ach, hören Sie auf. Es gibt ja schon ein Mieterschutzgesetz. Aber so ein Quillinger findet immer ein Loch darin. Und gegen den sind wir doch kleine Würstchen.»

«Hat Frau Kreck auch schon gesagt.» Hixe schüttelte mißbilligend den Kopf. «Ich versteh' das nicht. Entweder sind Sie alle feige, weil Sie sich so viel gefallen lassen, oder die Gesetze sind nicht gut genug. Und wenn sie nicht gut genug sind, müssen bessere gemacht werden.»

«Ach!» sagte Frau Mayer. «Das ist Politik. Um Politik kümmere ich mich nicht.»

«Dann dürfen Sie sich auch nicht beschweren!» rief Hixe erbost. «Wenn ich ein Mensch wäre, würde ich mich um Politik kümmern.»

«Wieso Mensch? Sie sind doch ein Mensch», sagte Frau Mayer.

Hixe hustete verlegen. «Ich meine, wenn ich eine richtige Frau . . .», sie hustete schon wieder, «ach, machen Sie, was Sie wollen. Es ist schließlich Ihre Sache.»
Sie ließ die verdutzte Frau Mayer stehen und lief zu Krecks hinauf. Die Freude, die sie nach der Fahrstunde empfunden hatte, war verflogen. Denn inzwischen waren ihr die Briefe wieder eingefallen.
«Haben Sie's schon gelesen?» fragte sie, als die Tür aufging. Die Antwort stand in Frau Krecks Gesicht geschrieben. Es sah blaß und verweint aus.
«Dieser Mistquillinger», rief Bert aus der Küche. «Irgendwer müßte den mal verdreschen.»
«Rede doch keinen Unsinn», sagte seine Mutter. «Von dummen Sprüchen wird die Miete nicht weniger. Wenn ich bloß wüßte, wo wir das Geld hernehmen sollen.»
«Wir können ja in die Obdachlosensiedlung ziehen», meinte Herr Kreck, der mit finsterem Blick in die Fernsehreklame starrte, wo der weißbekittelte Tablettenonkel gerade sein Sprüchlein flötete. «Maxido macht frisch und froh», verkündete er strahlend, und Herr Kreck wiederholte: «In die Obdachlosensiedlung.»
Diese Bemerkung brachte Frau Kreck völlig aus der Fassung. «Hör auf!» rief sie. «Hör endlich auf! Ich halte das nicht aus.»
Bert kam angerannt und legte den Arm um sie. «Laß man, Mutti. Ist doch alles halb so schlimm. Wir schaffen es schon. Ich will gar kein neues Rad haben. Und vielleicht kannst du jede Woche ein paar Überstunden machen.»
«Überstunden?» Frau Krecks Stimme klang verzweifelt. «Noch mehr Arbeit? Und wie ich das aushalten soll, danach fragt keiner. Wir hätten nie in diese Wohnung ziehen dürfen. Wir hätten in unserem kleinen Loch bleiben müssen. Das hier ist einfach eine Nummer zu groß für uns.»
Herr Kreck sprang auf und gab seinem Sessel einen Tritt. «Zu groß? Drei Zimmer zu groß? Wer sind wir denn? Arbeiten wir nicht? Sind wir nicht fleißig? Sind wir . . . sind wir . . .» Es

ging ihm wie zuvor dem Oberhix: Er fand keine Worte. Aber im Gegensatz zu ihm schlief er nicht ein, sondern warf wieder einmal die Wohnungstür hinter sich ins Schloß.
«Er hält es zu Hause nicht mehr aus», weinte Frau Kreck. Die kleine Gaby fing laut an zu heulen. Bert hielt sich die Ohren zu und verschwand in der Küche.
Hixe folgte ihm.
«Mann», murmelte sie. «Ist das ein Zirkus.»
Bert wienerte so verbessen an einer Glasschale herum, als ließen sich dadurch alle Schwierigkeiten aus der Welt schaffen.
«Tränen, Unglück, Zank, Streit», sagte Hixe. «Alles bloß wegen des blöden Geldes. Verbibst noch mal, und ihr erzählt mir Geschichten von Dekroma – – Demakro . . .»
«Demokratie», fauchte Bert. «Rede nicht von Sachen, die du nicht verstehst!»
«Nicht verstehen? Ich verstehe es ganz gut. Und das sag' ich dir: Wenn wir Hixen ein Parlament hätten . . . und wenn wir Gesetze machen könnten . . .»
In diesem Moment fiel Bert die Schüssel aus den Händen. Klirr, zersprang sie auf den Fußbodenfliesen. Mit hängenden Armen stand er da und sah die Scherben an. «Laß mich in Ruhe», sagte er leise. «Halt die Klappe. Du kannst uns auch nicht helfen.»
Seine Stimme klang, als versuche er, zwei Dinge gleichzeitig zu tun: zu sprechen und seine Tränen zurückzudrängen. Es strengte ihn so an, daß er kalkweiß wurde.
Hixe drehte sich um. «Okay», sagte sie. «Ich bin ja schon weg. Laß mal, morgen sieht alles anders aus.»
Es war ein billiger Trost, sie wußte es selbst. Grübelnd saß sie in ihrer Wohnung. Als sie Hunger bekam, hixte sie sich einen Berg Sauerkraut, den sie ohne nachzudenken in sich hineinfüllte – ein schlechtes Zeichen für ihre Gemütsverfassung. Gegen Mitternacht ging sie zu Bett. Schlaflos starrte sie an die Decke, mit zuviel Sauerkraut und einer wilden Wut auf Quillinger im Magen.
«Verbibst», murmelte sie. «Verbibst, verbibst noch mal!»

Dann, mit einem Ruck, sprang sie aus dem Bett. Ein Griff nach dem Besen, und kreischend flog sie in die mondhelle Sommernacht hinaus.
«Hui, hui!»
Ihr rotweiß gepunkteter Rock bauschte sich wie ein Segel, ihre Haarzotteln flatterten, durch die Lücken ihrer schwarzen Schneidezähne pfiff der Wind. Aus Luise Hauser war wieder die echte Hixe geworden, vor der es jedem Menschen grausen mußte. So flog sie zu Quillingers Haus, umkreiste es und fand, was sie suchte: das Fenster zu seinem Schlafzimmer.
Hixe wußte, daß er allein schlief. Spähend steckte sie den Kopf ins Zimmer. Da lag er und schnüffelte vor sich hin wie ein fettes Riesenbaby.
Mit einem Satz sprang Hixe auf das Bettende, wo Quillingers große Füße die Decke ausbeulten. Ein glucksendes «Hix» machte sie nicht nur sichtbar, sondern weckte gleichzeitig

Quillinger. Er öffnete ein Auge, blinzelte, kniff es wieder zu, riß beide Augen auf und fuhr in die Höhe. «W-w-was w-w-wollen Sie hier?» stammelte er.
«Schuft», zischte Hixe. «Schurke, Halunke, Halsabschneider, Obergangster, Giftbolzen, Schweinehund, Mistkerl.»
Weitere Schimpfworte fielen ihr nicht ein. Deshalb begann sie, auf ihrem Besen um Quillingers Bett herumzusausen. «Schuhu», heulte sie dazu, «schuhuuuuu!» In einer Fernseh-Kindersendung hatte sie erfahren, daß Gespenster derartige Geräusche von sich geben. Und Quillinger sollte sie für ein Gespenst halten.
Im ersten Schreck tat er es auch beinahe. «W-w-was w-w-wollen Sie?» bibberte er weiter. «W-w-was w-w-wollen Sie?»
Hixe beugte sich zähnebleckend über ihn. «Schuft, Schurke, Halunke! Halsabschneider! Mistvieh! Setze die Miete herunter! Schuhuuuu!»
Doch kaum hatte Quillinger das Wort Miete gehört, war es mit seiner Gespensterfurcht vorbei. Er glaubte ohnehin nicht an Gespenster, erst recht nicht an solche, die von Mieten redeten. Für ihn gab es nur eine Erklärung: Einer seiner Mieter hatte sich verkleidet, um ihn einzuschüchtern.
«Sie!» schrie er. «Wenn Sie mich bedrohen wollen! Ich hole die Polizei!»
«Bedrohen?» schrie Hixe ihrerseits. «Ich Sie bedrohen? Sie – Sie bedrohen die Leute. Sie nehmen ihnen ihre Wohnungen weg!»
Dann erinnerte sie sich an ihre Gespensterrolle und begann wieder unter schauerlichem Schuhugeschrei durchs Zimmer zu kreisen. Aber es machte keinen Eindruck auf Quillinger. Ein Trick! dachte er. Irgendein technischer Trick.
Na warte!
Er sprang aus dem Bett, riß eine Schublade auf und griff nach dem Revolver, den er dort für alle Fälle liegen hatte. «Keine Bewegung! Oder ich schieße!»
Da stand er in seinem weißen Nachthemd, unter dem sich der Bauch kugelrund wölbte. Die linke Hand stemmte er in die Seite, die rechte fuchtelte mit dem Revolver herum.

Hixe konnte nicht anders, sie fing an zu lachen. «Sie komischer Knilch! Ist das alles, was Sie können? Mit dem Schießeisen wackeln? Schießen Sie doch! Probieren Sie's mal. Sie werden sich wundern. Wissen Sie überhaupt, wer ich bin? Ich bin . . .»

Weiter kam sie nicht, denn plötzlich zischte jemand: «Unsichtbar werden! Sofort unsichtbar werden! Sofort!»

Es war der Oberhix. In seinem lila Bademantel saß er auf dem Fensterbrett und schüttelte die Fäuste. Hixe war so überrascht, daß sie für Quillingers Augen verschwand.

Verblüfft starrte er auf die Stelle, wo eben noch das Zottelwesen gestanden hatte. So ein gerissener Kerl! dachte er. Eine Sekunde habe ich nicht hingeguckt, und weg ist er. Durchs Fenster wahrscheinlich. Na, die Polizei wird es schon herausbekommen.

Er streckte die Hand nach dem Telefon aus, ließ sie aber wieder sinken. Herr Quillinger sah die Polizei nicht gern in seiner Nähe. Er hatte ziemlich viel vor ihr zu verbergen – die herausgeputzten Unfallwagen zum Beispiel, die er zu Überpreisen teuer verkaufte. Nein, die Polizei wollte er sich lieber nicht ins Haus holen.

Ich werde schon allein mit der Bande fertig, dachte er zähneknirschend. Er schloß das Fenster, legte den Revolver auf den Nachttisch und ging wieder zu Bett. Ruhe fand er allerdings nicht. Jedesmal, wenn er in den Schlaf hinüberglitt, schreckten ihn zwei riesige schwarze Schneidezähne hoch, die durch das Zimmer geisterten. «Schuhu», heulten sie, «schuhu.»

Die Besitzerin dieser Zähne hockte währenddessen im Garten, den Kopf gesenkt, und ließ die Vorwürfe des Oberhix über sich ergehen.

«Was ist oberstes Hixengebot?» donnerte er. «Sich keinem Menschen in Hixengestalt zeigen! Du hast es schon einmal übertreten, und ich habe beide Augen zugedrückt. Ein drittes drücke ich nicht zu. Hast du verstanden?»

«Du hast doch bloß zwei», warf Hixe ein.

«Was zwei? Wieso zwei?»

«Augen.»

Der Oberhix begriff nicht gleich, was sie meinte. Dann wurde er noch wütender. Er wollte sich auf keinen Fall durch Hixes Spitzfindigkeiten aus dem Konzept bringen lassen. «Ich verbitte mir Widerspruch! Wer bin ich denn? Ich bin dein Oberhix, kupiert! Und was muß ich sehen? Dich – jawohl, dich in voller Sichtbarkeit vor diesem dicken Menschen. Und willst ihm auch noch erklären, wer du bist. Unglaublich! Wenn ich nicht zufällig hinter dir hergeflogen wäre . . .! Eine absilute Katustrafe!»

«Absolute Katastrophe», murmelte Hixe.

«Was sagst du?»

«Nichts. Ich meine: Verzeihung. Ich tu's nicht wieder.»

«Tu's nicht wieder! Tu's nicht wieder!» Der Oberhix versuchte, Hixe drohend anzufunkeln, brachte aber nur ein schräges Schielen zustande. «Du hast es einmal getan, du hast es zweimal getan, du würdest es auch ein drittes Mal tun. Schluß mit den Faxen! Du kehrst zu mir in den Wald zurück.»

Die letzten Worte donnerte er doppelt laut, obwohl er nicht mehr wütend war. Im Gegenteil, er freute sich über die gute Gelegenheit, Hixe wiederzubekommen. Ohne sie fand er den Wald leer und langweilig. Jetzt sollte es wieder gemütlich werden.

Hixe erschrak so sehr, daß sie nicht einmal heulte. «Nein!» rief sie nur. «Nein!»

«Doch», befahl der Oberhix. «Ich als dein Oberhix . . .»

«Nein!» fiel Hixe ihm ins Wort. «Du darfst mich nicht wegholen, bevor ich den Führerschein gemacht habe. Dann war doch alles umsonst.»

«Dieser dämliche Führerschein!»

«Er ist nicht dämlich. Und überhaupt – ich kann doch Krecks nicht allein lassen.»

«Krecks?» fragte der Oberhix mißtrauisch. «Wer sind Krecks?»

Ja, wer waren Krecks? Wie sollte man dem Oberhix klarmachen, was es mit so einer Menschenfamilie auf sich hatte? Mit einer Familie, in der Vater und Mutter zur Arbeit gingen und das Geld trotzdem nicht reichte. Mit einer Familie, in der sich alle gern hatten und dennoch zankten. Mit einer Familie, die sonntags Karten spielte und Angst hatte, ihre Wohnung zu verlieren . . .

Er kapiert es doch nicht, dachte Hixe. Laut sagte sie: «So nette Leute! Bert und seine Mutter und sein Vater und die kleine Gaby. Ich mag sie richtig gern.»

«Du sollst niemanden gern mögen», grunzte der Oberhix. «Außer mir natürlich.» Er warf Hixe einen flehenden Blick zu. Sie mußte doch merken, wie verlassen er sich fühlte.

Aber Hixe tat weiter nichts, als ihm ebenfalls einen flehenden Blick zuzuwerfen. «Klar hab' ich dich gern», sagte sie. «Bert und die anderen sind doch bloß Menschen. Versteh das doch endlich! Ich kann sie nicht im Stich lassen, wirklich nicht.»

Sie sah den Oberhix noch flehender an, und wieder wurde er weich.»

«Hau doch ab», grunzte er. «Vier Neumonde bleiben dir. Wenn du dann immer noch nicht genug hast, werde ein Mensch. Von mir aus. Ich habe keine Lust, noch länger umsonst zu warten. Das macht mich neuvös.»

«Nervös», verbesserte Hixe mechanisch. Und dann fragte sie erstaunt: «Hast du etwa Sehnsucht nach mir?»

Der Oberhix errötete: «Halt den Mund! Geh zu deinen verbibsten Menschen.»

Er setzte sich auf seinen Besen und verschwand in der Nacht.

Hixe sann hinter ihm her. Eigentlich war er nett, ihr Oberhix. Man vergaß es bloß manchmal. Den Menschen ging es wahrscheinlich genauso. Herr und Frau Kreck zum Beispiel . . .

Was für ein Reinfall! dachte Hixe. Dieser ganze Tag war ein Reinfall gewesen. Gegen Quillinger kam sie nicht an. Da lag er in seinem Bett, dick und rot und unbesiegbar, ein Mensch, der sich nicht einmal durch ihren Besen und ihre Schneidezähne einschüchtern ließ. Was konnte sie noch tun? Wie in aller Welt konnte sie Krecks helfen?

Verzweifelt grübelte Hixe in das Mondlicht hinein. Die Stun-

den vergingen. Als es Mitternacht schlug, war ihr immer noch nichts anderes eingefallen als das Kaufhaus. Das Kaufhaus mit den Pralinenschachteln, die Frau Kreck ein bißchen zu trösten vermochten.
Hixe stand auf. «Noch einen einzigen Karton», sagte sie sich. «Den letzten. Die Bauchschmerzen muß ich eben in Kauf nehmen.»
Sie machte sich auf den Weg, und damit fing ein neuer Abschnitt in ihrem Leben an. Denn als sie die größte, schönste Pralinenschachtel aus dem Regal zog und gleichzeitig einen solchen Stich quer durch den Bauch verspürte, daß sie den Karton fallen ließ und unverrichteter Dinge ihrem Abflugfenster zustrebte – da blieb sie plötzlich stehen. Etwas war stärker als sämtliche Bauchschmerzen: Die Wut, die sich in ihr angesammelt hatte.
«Verbibst noch mal!» fauchte sie. »Ich denke ja nicht daran! Der Quillinger, der macht immer weiter, der läßt sich nicht stören. Und ich – ich soll aufhören? Kommt – nicht – in – Frage!!!»
Den letzten Satz schmetterte sie mit lauter Stimme durch das nächtliche Kaufhaus. Zum Glück konnte sie in unsichtbarer Form von keinem menschlichen Ohr gehört werden. Niemand hinderte sie daran, neun weitere Pralinenschachteln auszusuchen: Für Frau Mayer, Frau Humbacher und sieben andere Frauen aus der Neuburger Straße. Außerdem nahm sie noch eine Kordjacke für Bert, einen Pullover für seine Mutter, eine Puppe für die kleine Gaby und eine Krawatte für Herrn Kreck. Das alles schnürte sie zusammen mit der Pralinenschachtel in braunes Packpapier, schrieb den Namen Kreck darauf, verstaute es in einen ebenfalls geklauten Einkaufskorb und flog mit ihrer Beute in die Neuburger Straße zurück. Nachdem sie die Geschenke vor den verschiedenen Türen verteilt hatte, fühlte sie sich trotz ihrer Bauchschmerzen zufrieden. Sie fand, daß sie heute genug getan hatte und verwandelte sich wieder in Luise Hauser – eine müde Luise Hauser, die schlafen wollte. Schon hatte sie Rock und Pulli ausgezogen – da bekam sie solche

Bauchschmerzen, daß sie laut und lange quietschen mußte. Während dieser langgezogene Quietschton aus ihrem Mund fuhr, fiel ihr Auge auf den Prospekt über ihrem Bett. Sie sah die beiden eleganten Damen, die eine im Hosenanzug, die andere im Seidenkleid. Und plötzlich wurde ihr bewußt, daß sie zwar eine Menge geklaut hatte, aber kein einziges Stück für sich selbst.

Hixe faßte sich an den Kopf. «Bin ich denn total verrückt?» rief sie. «Diese Bauchschmerzen – und alles nur für andere? Schluß damit. Wenn ich schon Bauchschmerzen haben muß, soll es sich wenigstens lohnen.»

So, wie sie dastand, in Hemd und Schlüpfer, stieg sie auf ihren Besen und stattete dem Kaufhaus einen zweiten Besuch ab. Einen Besuch zwecks Einkleidung der Luise Hauser! Den gelben Hosenanzug aus dem Katalog konnte sie zwar nicht finden. Aber ein dunkelroter gefiel ihr ebensogut, ganz zu schweigen von den anderen Sachen. Und weil der Wachmann gerade eine Pause eingelegt hatte, konnte sie sogar in Ruhe anprobieren: Den Hosenanzug, zwei schicke Kleider, einen Mantel. Dazu aus der Lederwarenabteilung die passende Handtasche, aus der Schuhabteilung zwei Paar Schuhe und aus der Wäscheabteilung einen rosa Unterrock mit viel Spitze. Was sagte der Prospekt?

«Nicht nur an der Oberfläche erkennt man die Dame – auch auf das Darunter kommt es an.»
Die Prospektmacher müssen es wissen, dachte Hixe und nahm auch noch zwei Spitzenhöschen mit, die mindestens drei Nummern zu eng waren. Aber das merkte sie erst später. Denn plötzlich begannen ihr die Augen zuzufallen – kein Wunder nach diesem aufregenden Tag. Vor Müdigkeit konnte sie nicht einmal mehr nach einem Korb suchen. Kurzerhand zog sie alles übereinander: Hosenanzug, Kleider, Mantel. Nur für den Kleinkram griff sie, schon halb im Schlaf, nach einer Tragetüte. Gut, daß sie noch so viel Geistesgegenwart besaß, sich unsichtbar zu machen – sonst hätte dieser Ausflug ein böses Ende genommen. Als sie auf dem Weg zu ihrem An- und Abflugfenster durch die Bettenabteilung taumelte, war es um sie geschehen. Mit letzter Kraft erreichte sie die nächstbeste Matratze. Den Besen in einem Arm, die Tragetüte in dem anderen, schlief sie mitten im Kaufhaus ein.

11. Kapitel

in welchem Hixe sich wie eine Zwiebel pellt und die Zukunft rosig aussieht

Der nächste Tag war ein schulfreier Sonnabend, an dem Bert möglichst lange schlafen wollte. Aber leider hatte er vergessen, seinen Wecker abzustellen. Rrrrr, rasselte es Punkt sechs Uhr dreißig.

«Mist», knurrte Bert, kroch aus dem Bett und öffnete die Vorhänge. Auf der Straße rollte schon die übliche Autokolonne. Vor dem Milchgeschäft gegenüber wurden Brot und Kuchen abgeladen. Ein paar Häuser weiter wartete ein offener Möbelwagen.

Bert seufzte. Der Brief von Quillinger fiel ihm wieder ein. Und als erstes an diesem Morgen mußte er einen Möbelwagen sehen!

«Mist», sagte er noch einmal und ging in die Küche. Am Tisch saß sein Vater und frühstückte. «Pst», flüsterte er. «Mutti schläft noch. Ich habe ihr gesagt, sie soll heute nicht zur Arbeit gehen. Sie muß sich erst erholen.»

«Hast du dir etwa allein Frühstück gemacht?» wunderte sich Bert.

«Warum denn nicht?» fragte sein Vater. «Meinst du, das kann ich nicht? Ich kann noch viel mehr. Los, hol mal die Zeitung.»

Bert öffnete vorsichtig die Wohnungstür. Doch dann vergaß er, daß er leise sein wollte. «Mann!» brüllte er so laut, daß sein Vater angelaufen kam.

«Ein Paket!» rief Bert. «Hier vor der Tür! Familie Kreck steht drauf!»

Er trug das Paket in die Küche. Sein Vater, der ebenfalls die müde Mutter vergessen hatte, knallte wie üblich die Tür zu. Der Lärm weckte Frau Kreck. Bert packte gerade den Pullover aus, als sie verschlafen ihren Kopf in die Küche steckte.

«Was ist denn das?» gähnte Frau Kreck.

«Der ist wahrscheinlich für dich», meinte Bert. «Für mich die Jacke, für Vati der Schlips, die Puppe kriegt Gaby. Und seht mal, so eine riesige Pralinenschachtel!»
Frau Kreck wurde allmählich munter. «Wer hat uns denn das bloß geschickt? Das geht doch nicht.»
«Wieso nicht? Vielleicht will uns jemand eine Freude machen», sagte Bert. Er war dabei, die Jacke anzuprobieren, aber sein Vater nahm sie ihm aus der Hand. «Warum denn gerade uns? Weil wir so arme Schlucker sind, die ihre Miete nicht mehr bezahlen können? Kommt gar nicht in Frage. Wir geben den Kram wieder zurück.»
«An wen denn?» fragte Bert. «Wir wissen ja nicht mal, von wem das Paket stammt. Vielleicht hat jemand, der uns mag, im Lotto gewonnen.»
«Frau Hauser vielleicht?» überlegte seine Mutter. «Das ist eine gute Seele.»
«Hixe – ich meine, Frau Hauser?» rief Bert überrascht. «Im Lotto?» Bei dem Gedanken an die lottospielende Hixe mußte er grinsen. Seine Mutter jedoch schien an ihrer Vermutung Gefallen zu finden. «Bestimmt, Frau Hauser steckt dahinter. Und der dürfen wir die Sachen nicht zurückgeben. Es würde sie zu sehr kränken.»
«Finde ich auch», sagte Bert, der die Kordjacke gern behalten hätte. Nur Herr Kreck wollte sich nicht überzeugen lassen. «Macht, was ihr wollt», brummte er. «Ich jedenfalls binde den Schlips nicht um. Wiedersehen. Bis heute Abend!»
Bert blieb mit seiner Mutter allein in der Küche.
«Wir müssen Frau Hauser irgendwie beibringen, daß es viel zuviel ist», sagte Frau Kreck. «Sie darf uns nicht noch mehr schenken.»
«Vielleicht hat sie tatsächlich im Lotto gewonnen», murmelte Bert, obwohl er es besser wußte. «Und vielleicht sind die Sachen gar nicht von ihr. Na, ich ziehe mich erst mal an.»
Er hielt das Gesicht unter den Wasserhahn, schlüpfte in Hose, Hemd und Sandalen und rannte die Treppe hinunter. An Hixes Tür klingelte er – einmal, zweimal, dreimal.

«Wer ist da?» rief Hixe endlich. «Kann man denn niemals seine Ruhe haben?»
«Ich bin's doch», sagte Bert. Mit mürrischer Miene ließ Hixe ihn ein. Sein Besuch paßte ihr absolut nicht. Sie war gerade aus dem Kaufhaus gekommen, mit schlimmeren Bauchschmerzen als je zuvor, und hatte kaum Zeit gehabt, sich in die Gestalt von Luise Hauser zu hixen.
«Was willst du denn schon so früh?» knurrte sie.
«Es ist dreiviertel acht», verteidigte sich Bert. «Wie siehst du denn aus? Hast du dich aufgepumpt?»
«Quatsch. Ich habe bloß so viel an. «Mühsam, weil ihr jede Bewegung weh tat, begann Hixe sich wie eine Zwiebel abzupellen: Den Mantel, die beiden Kleider, bis sie in dem dunkelroten Hosenanzug dastand.
Bert sah erstaunt zu. «Wo hast du denn das ganze Zeug her?»
«Ge . . .» Hixe schluckte. Beinahe wäre ihr «geklaut» herausgerutscht. «Gehixt», verbesserte sie noch rechtzeitig.
«Gehixt? Ich denke, das klappt nur bei Sachen, die eine Hixe wirklich braucht?»
«Meistens. Aber manchmal hat man auch Glück. Das weißt du doch.»
Bert nickte. «Und mit den Geschenken, die vor unserer Tür liegen – hast du damit auch Glück gehabt?»
«Wie – wieso?» stammelte Hixe.
«Mann, die sind doch von dir! Und ich will ja bloß wissen, ob du sie tatsächlich gehixt hast?»
«Klar», murmelte Hixe. Die Menschen hatten seltsame Ansichten über das Klauen, sogar Bert, der sonst ein vernünftiger Junge war. Er durfte auf keinen Fall etwas erfahren, vor allem nichts von ihren Bauchschmerzen. Das hätte ihn sofort auf die richtige Spur gebracht. Und weil Hixe nicht anders konnte, als hin und wieder zu stöhnen, sagte sie schnell: «Ich habe Kopfschmerzen. Scheußlich.»
«Komm mit zu uns», schlug Bert vor. «Meine Mutter gibt dir ein Maxido.»
«Ein was?»

«Maxido! Du weißt doch, die kleinen weißen Kugeln aus dem Werbefernsehen. Wenn man die schluckt, verschwinden die Schmerzen. Man kann sie in der Apotheke kaufen. Und denk dir irgend etwas aus, was du meiner Mutter erzählen kannst. Vielleicht, daß du im Lotto gewonnen hast.»
«Okay», sagte Hixe ungeduldig. «Hauptsache, ich kriege so ein Maxido. Verbibst noch mal, es ist kaum auszuhalten.»
Auf diese Weise machte Hixe Bekanntschaft mit den winzigen Wunderkugeln, die ihre Bauchschmerzen in Nichts verwandelten.
«Das ist ja fast besser als hixen», staunte sie, als sie zwei genommen hatte und sich nach wenigen Minuten wie neugeboren fühlte.
«Mit Hexerei hat das nichts zu tun», sagte Frau Kreck. «Hier, drei Tabletten habe ich noch, nehmen Sie die mit.»
«Danke.» Hixe steckte das Röhrchen ein. «Das ist sehr nett von Ihnen.»
«Sie sind noch viel netter. Sie sind . . .» Frau Kreck errötete vor Verlegenheit. «Aber ich weiß ja, Sie wollen nicht, daß man darüber redet. Mögen Sie eine Tasse Kaffee?»
«Gern», sagte Hixe, die Menschenkaffee lieber trank als gehixten. Auch Frau Krecks Streuselkuchen lehnte sie nicht ab. Sie ließ sich sogar noch ein großes Stück einpacken und aß es unten in ihrer Wohnung auf. Beim letzten Bissen bekam sie wieder Bauchschmerzen. Schnell schluckte sie ein Maxido, und die Schmerzen vergingen.
Wirklich toll! dachte sie. Da kann ich ja klauen, soviel ich will! Mann, wer hätte das geahnt!
In ihrem neuen Hosenanzug, mit den neuen Schuhen und der neuen Handtasche begab Hixe sich auf einen ausgiebigen Schaufensterbummel. «Maxido macht frisch und froh», summte sie vor sich hin. «Maxido macht frisch und froh.»

12. Kapitel

in welchem Bert Kreck sich nicht hinters Licht führen läßt und Buchstaben zu tanzen beginnen

Hixes nächster Beutezug, zu dem sie gegen zehn Uhr abends aufbrach, wurde ein voller Erfolg. Unbehelligt von Bauchschmerzen pendelte sie die ganze Nacht zwischen ihrer Wohnung und dem Kaufhaus hin und her, mit immer neuen Schätzen beladen.

Mann, wenn ich bloß vorher gewußt hätte, wie gut Maxido ist, dachte sie, als sie beim Auspacken ein Stück nach dem anderen in die Hand nahm: Kleider, Wäsche, Handtücher, zwei Regenschirme, eine Tischlampe, einen grüngelben Teppich, Geschirr, bunte Kissen, Seife, aus jeder Abteilung etwas. Sie hatte ohne Überlegung eingepackt, immer nur eingepackt. Was sie nicht gebrauchen konnte, wollte sie unter die Hausbewohner verteilen.

Aber erst einmal mußte sie schlafen. Sie zog eins der neuen Nachthemden an, und um vor Bauchschmerzen sicher zu sein, steckte sie das letzte Maxido-Kügelchen in den Mund. Doch anstatt friedlich dem neuen Morgen entgegenzuschlummern, fing sie an zu träumen. Wie von einer Peitsche gejagt, rannte sie durch endlose Kaufhausgänge und klaute, klaute, klaute. Der Traum nahm kein Ende, immer wieder begann er von vorn. Als sie im Morgengrauen aufwachte, fühlte sie sich abgekämpft und zerschlagen. Außerdem hatte sie rasende Bauchschmerzen und kein Maxido.

Beinahe hätte sie ihren ganzen frisch erworbenen Besitz wieder ins Kaufhaus zurücktransportiert. Nur weil ihr jede Bewegung weh tat, unterließ sie es. Sie wartete, bis es sieben schlug. Dann schleppte sie sich zu Krecks hinauf und läutete die ganze Familie aus dem Sonntagsschlaf.

Frau Kreck, den Bademantel umgeworfen, öffnete die Tür.

«Bauch – ä – Kopfschmerzen», wimmerte Hixe. «Maxido!»

«Um Himmels willen, wie sehen Sie aus!» rief Frau Kreck und schob ihr einen Stuhl hin. «Sie müssen zum Arzt, damit er herauskriegt, was Ihnen fehlt.»
«Quatsch», stöhnte Hixe, die genau wußte, was ihr fehlte. «Ich brauche Maxido.» Herr Kreck holte die Zeitung. «Ich sehe mal nach, welche Apotheke Sonntagsdienst hat. Hier – Schwanenapotheke.»
«Ich gehe hin», erbot sich Bert. «Ich muß mich nur erst anziehen.»

Nach einer knappen Viertelstunde war er wieder zurück, und zehn Minuten später saß Hixe in bester Laune bei einem frisch gehixten Frühstück.
«Maxido ist dufte», sagte sie zu Bert, der sie in ihre Wohnung begleitet hatte. «Mann, wenn ich das nicht hätte! Willst du die Tischlampe mitnehmen? Sie paßt genau in dein Zimmer.»
Bert sah die Lampe an, er sah die anderen Sachen an, die herumlagen, er sah Hixe an. «Warum hast du dir vorhin eigentlich immer den Bauch gehalten?» fragte er. «Wenn man Kopfschmerzen hat, hält man sich doch nicht den Bauch.»
«Du spinnst ja», sagte Hixe wütend. «Warum soll ich meinen Bauch nicht halten, wenn es mir Spaß macht?»
«Klar», nickte Bert. «Und du bist ganz krumm gegangen vor Schmerzen. Weil du nämlich den Kram nicht gehixt, sondern geklaut hast.»
Hixe überlegte, ob es Zweck hatte, noch länger zu leugnen.
«Mit Maxido geht es dufte», sagte sie schließlich.
«Und uns schenkst du dann das Zeug, was?»
«Natürlich! Ihr sollt euch doch auch freuen.»
«Freuen!» Bert zog die Kordjacke aus und warf sie auf den Boden. «Ich laufe nicht in geklauten Jacken herum. Und du hörst sofort auf, verstanden?»
«Wie redest du denn mit mir?» rief Hixe. «Bist du etwa mein Oberhix? Mir macht Klauen Spaß, wenn ich keine Bauchschmerzen davon kriege. Ich bin kein Mensch, ich bin eine Hixe.»
«Aber du wohnst jetzt bei uns! Ich habe dem Walroß sogar gesagt, daß du meine Tante bist. Mann, benimm dich doch anständig.»
«Anständig?» Hixe lachte spöttisch. «Benimmt sich euer Walroß etwa anständig? Was der tut, ist doch dasselbe.»
Bert wußte nicht, was er darauf antworten sollte. Seine Ratlosigkeit machte ihn wild. «Laß mich in Ruhe», schrie er. «Hätte ich mich bloß nie mit dir eingelassen!»
Er wollte gehen, doch Hixe hielt ihn fest. «Verrätst du deinen Eltern, wer ich bin?»

Bert riß sich los. «Mann, das ist ja zum Verrücktwerden», schrie er und lief zur Tür hinaus. Als seine Mutter ihn kommen hörte und fragte: «Na, geht es Frau Hauser besser?» verschwand er wortlos in seinem Zimmer. Er versuchte zu lesen, aber in seinem Kopf tanzte alles durcheinander. Die Mieterhöhung – die Sorgen um die Wohnung – der Streit mit Hixe – ihre Worte: «Benimmt sich euer Walroß vielleicht anständig?»
Nein, Bert Kreck fand sich nicht mehr zurecht.
Hixe dagegen hatte sich keineswegs durcheinanderbringen lassen. Mit einer reichlichen Portion Maxido im Magen ging sie sofort wieder an die Arbeit. Es war Sonntag und das Kaufhaus leer wie sonst nur nachts, das kam ihrem Eifer entgegen. Erst am Nachmittag legte sie ein paar Ruhestunden ein. Nicht zum Schlafen – nein, sie schmückte sich und ging aus. In einem gelben Kleid und mit einem Hut, der fast so lila war wie der Bademantel vom Oberhix, eine dicke bunte Kette um den Hals und zwei Armbänder an jedem Handgelenk, stolzierte sie durch die Straßen. Sie hatte das Gefühl, die schickste Frau weit und breit zu sein. Am liebsten hätte sie sich in ein Schaufenster gestellt.
Das war der Anfang, und so ging es weiter, vom Sonntag bis zum Donnerstag. Hixes Gier war größer als ihr Zimmer. Seit dem Streit mit Bert wagte sie nicht mehr, Krecks oder anderen Hausbewohnern Pakete vor die Tür zu legen. Deshalb mußte sie schon am Dienstag einiges von ihrem Besitz wegwerfen, ein paar Kochtöpfe zum Beispiel, drei Regenschirme, mehrere Herrenhosen, zwei Badezimmerschränke, fünf große Maggiflaschen. Dann hatte sie wieder Platz. Die Geschäfte waren voller Herrlichkeiten, und Hixe wollte am liebsten alles haben. Für Krecks und deren Sorgen hatte sie keine Zeit mehr, sie mußte klauen. Nicht einmal der helle Tag und die Menschen in den Geschäften störten sie jetzt. Frühmorgens hixte sie in aller Eile die Treppen sauber, dann verschwand sie mit ihrem Besen, frisch und froh dank Maxido. Denn Maxido mußte sie in Mengen schlucken, um durchzuhalten. Es war der einzige Artikel, den sie für Geld erwarb, aus Angst, geklautes Maxido könne

gegen Bauchschmerzen machtlos sein. Ihr Vergnügen wollte sie sich auf keinen Fall verderben lassen.
Hixe fand es herrlich, das Leben mit Maxido. Nur eins trübte ihre Freude: Die Nächte, diese schrecklichen Nächte, in denen sie von wilden Träumen durch das Kaufhaus gejagt wurde und weiterklauen mußte. Falls sie überhaupt schlief und sich nicht von einer Seite auf die andere wälzte! In der Nacht vom Mittwoch zum Donnerstag blieb der Schlaf sogar ganz aus. Sie hörte die Turmuhr schlagen, zehn, elf, zwölf, eins, zwei, drei, vier, fünf, sechs. Als sie schließlich aus dem Bett kroch, mit brummendem Kopf und verquollenem Gesicht, fühlte sie sich elend wie noch nie. Sie starrte auf das Warenlager in ihrem Zimmer, und für einen Moment stieg die Frage in ihr auf: Was soll das alles? Was ist mit mir los?
Der grüngelbe Teppich begann zu verschwimmen. Er wurde zu einer Wiese – zu der Waldwiese mit dem Oberhix und der Amsel.
«Was ist mit mir los?» murmelte Hixe. Was ist mit mir los?»
Dann klingelte es. Vor der Tür stand der Briefträger mit einem Eilbrief von ihrem Fahrlehrer.
«Sehr geehrte Frau Hauser», schrieb er. «Es hat sich ergeben, daß Sie bereits Freitag an der Fahrprüfung teilnehmen können. Ich erwarte Sie um acht Uhr früh in der Fahrschule. Ich nehme an, daß Ihnen diese Regelung willkommen ist.»
Hixe las den Brief mehrere Male. «Verbibst», murmelte sie, «verbibst!» Dieses doppelte Verbibst galt der Tatsache, daß sie in den letzten Tagen sogar den Führerschein vergessen hatte. Sie schloß die Augen und starrte in sich hinein. Was sie sah, waren Kleider, Schuhe, Handtaschen, Halsketten, bunte Tücher, Sahnekännchen, Tischdecken – aber keine einzige der Verkehrsregeln, die sie mit so großem Eifer auswendig gelernt hatte.
«Bin ich denn ganz und gar plemplem?» rief sie und schlug sich gegen die Stirn. «Schluß mit der Klauerei! Erst der Führerschein, danach sehen wir weiter. Zuerst muß ich dann ein Auto haben. Am besten, ich hole mir Geld von der Bank und kaufe eins.»

Geld von der Bank holen – was Hixe damit meinte, ist klar. «Für ein Auto brauche ich ungefähr zehn Tausendmarkscheine, überlegte sie. Es gibt ja eine Menge Banken in der Stadt. Wenn ich in jeder einen Schein oder zwei einstecke, fällt es nicht so auf. Auuuu!»
Schon wieder der Bauch! Hastig griff Hixe nach der Maxidoschachtel. Um die Bauchschmerzen bis zur Prüfung völlig auszuschalten, beschloß sie, weder ans Klauen zu denken noch irgendein geklautes Stück anzurühren. Sie tauschte das Kostüm, das sie trug, gegen Luise Hausers alten Rock und Pulli, sie entfernte die Decke vom Tisch, das Kissen vom Stuhl, den Teppich vom Fußboden. Dann nahm sie das Buch mit den Verkehrsregeln zur Hand.
Es wurde ein anstrengender Tag. Früher war Hixe das Lernen viel leichter gefallen. Aber früher hatten sich die Buchstaben auch ruhig verhalten. Jetzt dagegen begannen sie zu tanzen. Nicht nur die Buchstaben! Als Hixe den Kopf hob, schaukelte die Zimmerwand hin und her, die Lampe, der Fußboden, und sie selbst schaukelte mit. Das kam von den Maxidotabletten. Doch Hixe hatte keine Ahnung, was Tabletten alles anstellen können, wenn man zuviel von ihnen schluckt. Mit beiden Händen hielt sie ihren Kopf fest, verbissen kämpfte sie sich von einer Verkehrsregel zur anderen. Die Stunden vergingen. Hixe vergaß Kleider und Schuhe und Glitzerketten und merkte nicht, daß es Abend wurde – bis Quillinger bei ihr klingelte.
«Was ist denn das?» fragte er und wies auf die Treppe.
Hixe blinzelte in Herrn Quillingers Gesicht, das vor ihren Augen sanft hin und her zu schaukeln begann. «Weiß ich nicht», sagte sie.
«Wissen Sie nicht?» Herrn Quillingers Gesicht lief rot an. «Na, dann will ich Ihnen helfen. Es ist Dreck! In meinem Haus! Warum haben Sie nicht geputzt?»
«Weiß ich nicht», wiederholte Hixe.
«So, wissen Sie auch nicht. Aber ich weiß, daß Sie immer fauler werden. Was tun Sie eigentlich noch? Dauernd kommen Beschwerden. Die Kinder toben und brüllen im Hof, und jetzt

noch Dreck auf der Treppe. Wenn Sie so weitermachen, fliegen Sie, verstanden!»

Hixe gab sich einen Ruck, und Quillinger landete auf dem Boden.

«Sonst noch was?» fragte sie grimmig und ärgerte sich gleichzeitig über ihre sinn- und nutzlose Hixerei. Deshalb ließ sie es auch zu, daß er aufstand, ohne wieder hinzufallen.

«Ja, also . . .», stammelte er. «Ja, also . . . also, ich wollte noch sagen, ab nächster Woche wird auf dem Hof gebaut. Da kommen Garagen hin. Dann ist ein für allemal Schluß mit dem Fußballspielen. Und morgen früh sollen Sie zu meiner Frau zum Saubermachen kommen.»

«Geht nicht. Morgen früh habe ich keine Zeit.»

«Was heißt denn das? Sie haben Zeit zu haben. Sie . . .»

«Ich mache nämlich den Führerschein», unterbrach ihn Hixe.

«Den Führerschein? Sie?» Herr Quillinger sah seine Hausmeisterin an wie einen Esel, der aufs Eis will. «Wie kommen Sie denn auf die Idee?» Und dann, ganz plötzlich, setzte er sein liebenswürdigstes Lächeln auf.

«Wollen Sie sich etwa auch ein Auto zulegen?» erkundigte er sich.

«Ist das etwa verboten?» fragte Hixe aufsässig.

«Aber nein!» rief Herr Quillinger. «Ganz gewiß nicht, liebe Frau Hauser. Im Gegenteil! Jeder soll sein Wägelchen haben, das war schon immer mein Prinzip. Und wenn es soweit ist, dann kommen Sie getrost zu mir. Für unsere Frau Hauser habe ich ein ganz besonders günstiges Angebot. Ehrensache!»

Er klopfte Hixe auf die Schulter und überlegte bereits, welchen Bruchschlitten er ihr andrehen könnte. «Also, ich sage meiner Frau, daß Sie morgen keine Zeit haben. Der Führerschein geht vor, selbstverständlich! Alles Gute!» Er machte sogar einen Bückling vor Hixe, was sie ganz besonders erboste.

«Mistkerl», schimpfte sie hinter ihm her. «Grinst plötzlich über beide Backen, bloß, weil ich ihm was abkaufen soll. Da kann er lange warten, der Halunke. Und Garagen will er bauen, damit die Kinder nicht mehr spielen können. So ein Schuft. Und keiner kann sich wehren. Dieser Halsabschneider, dieser verbibste.»

Hixe steigerte sich immer mehr in Zorn hinein. Lag es an der schlaflosen Nacht? An dem merkwürdigen Schwindelgefühl in ihrem Kopf? Ihre Wut wurde größer, immer größer, riesengroß, ein Wolkenkratzer von Wut sozusagen.

Ich muß etwas tun, dachte sie. Etwas, das ihn richtig ärgert. Etwas – etwas – etwas . . . Ich weiß!

Immer zwei Stufen auf einmal nehmend, rannte sie die Treppe hinauf. Zu dem, was sie vorhatte, brauchte sie Bert.

13. Kapitel

in welchem Autos verschwinden
und Bert Kreck weiße Worte auf braune Bretter schreibt

An diesem Abend waren Herr und Frau Kreck zum Betriebsfest gegangen. Die Nacht war warm und schön, gerade so wie es sein muß, wenn man im Freien tanzen und Würstchen braten will. Für Krecks gab es sogar noch einen Extragrund zum Feiern: Herr Kreck hatte Gehaltserhöhung bekommen – fast die Summe, die der Aufschlag der Miete ausmachte.

«Siehst du», hatte er zu seiner Frau gesagt. «Irgendwie geht's immer gut. Hab' ich nicht recht?»

Frau Kreck sah die Sache nicht so rosig. «Gut? Deine Zulage schluckt Quillinger, und bei dieser einen Mieterhöhung bleibt es bestimmt nicht. Die letzten beißen immer die Hunde.»

Aber trotzdem, sie war beim Friseur gewesen und hatte sich das Gesicht zurechtgemacht. Als sie fertig angezogen in die Küche kam, sah sie so hübsch aus, daß Herr Kreck «Donnerwetter! Unsere Mutter!» rief.

Nachdem sie gegangen waren, hatte Bert die kleine Gaby zu Bett gebracht und es sich dann vor dem Fernseher bequem gemacht. Eine Tüte Kartoffelchips in der Hand, sah er zu, wie zwei Westernhelden ihre Pistolen zogen. Bum, machte es, bumbum. Unmittelbar danach wiederholte sich das Geräusch an der Wohnungstür, nur lauter und dumpfer. Bum!

Bert rannte hinaus, um nachzusehen.

Da lag Hixe und blickte ihn aus verwunderten Luise-Hauser-Augen an. «So was! Ich bin ausgerutscht. Mir ist schwindelig, verbibst noch mal.»

Sie stand auf und lehnte sich gegen den Türrahmen. «Sind deine Eltern da?»

Bert schüttelte den Kopf. Er sah schräg an Hixe vorbei. Seit ihrem Krach brachte ihn jedes Zusammentreffen in Verlegenheit. Hixe dagegen dachte in ihrem Taumel nicht mehr daran.

«Du mußt mir helfen», sagte sie. «Habt ihr weiße Farbe? Solche, mit der man auf braunem Holz schreiben kann?»
«Was willst du denn damit?» fragte Bert mißtrauisch. «Komm 'rein.»
Er drehte den Fernseher ab und hörte sich an, was Hixe vorhatte. Es war aufregend, viel aufregender als die Ballerei der Cowboys. So aufregend, daß es Bert vom Stuhl riß.
«Mann!» rief er. «Mann, das ist ein Ding! Mann, meinst du, es klappt?»
«Wahrscheinlich», sagte Hixe. «Wenn man jemanden ärgern will, klappt es fast immer. Und wenn es klappt . . .»
«Dann möchte ich den Quillinger sehen!» schrie Bert begeistert. «Der ärgert sich schwarz. Klar haben wir weiße Farbe. Geht's gleich los?»
«Noch nicht. Die Straßen müssen erst leer sein.»
Sie warteten, bis es elf schlug und das Licht hinter den meisten Fenstern erloschen war. Auf der Straße ließ sich kaum noch ein Mensch blicken. Unbeobachtet konnten Hixe und Bert ihr Ziel erreichen: den Autoplatz von Herrn Quillinger.
Der Platz lag ebenso still in der Nacht wie die Straßen. Die Bürobaracke war dunkel.
«Ob er einen Wächter hat?» flüsterte Bert. «Hallo! Hallo!»
Nichts rührte sich.
«Na also», sagte Hixe befriedigt. «Hix!» Dieses erste Hix galt ihr selbst und verwandelte sie in die zottelige Urgestalt mit den schwarzen Schneidezähnen. Und dann geschah es: Mit ihrem taumeligen Kopf und der riesengroßen Wut im Leib ging sie auf die erste Reihe von Quillingers Gebrauchtwagen zu, schloß die Augen und brachte das gewaltigste Hix ihres Lebens heraus. Es zischte wie eine Rakete – und es wirkte! Als Hixe die Augen wieder öffnete, war die Autoreihe verschwunden.
«Geklappt!» jauchzte sie und wirbelte dreimal im Kreis herum. «Geklappt!»
«Geklappt!» wiederholte Bert fassungslos.
Hixe stellte sich vor die nächste Autoreihe und schoß ein neues Hix ab. «Sind sie weg?»

«Weg! Total weg! Los, mach weiter.»
Und es klappte und klappte und klappte. Eine Autoreihe nach der anderen verschwand. Zum Schluß war nur die Bürobaracke übriggeblieben. «Ich werd' verrückt!» schnaufte Bert. «Das kann doch nicht wahr sein.»
«Du siehst doch, daß es wahr ist», sagte Hixe stolz. «Und jetzt bist du dran. Nimm weiße Farbe und schreib auf die Barackenwand, was ich dir diktiere! Zuerst: Quillinger ist ein Halunke.»
«Quillinger ist ein Halunke», schrieb Bert auf die braunen Bretter.

«Darunter schreibst du: Rache.»
«Rache», schrieb Bert.
«Weg mit seinen Autos», fuhr Hixe fort. «Schreib das hin, und damit ist Schluß. Nein, schreib noch: Dieser Platz gehört den Kindern.»
«Ist doch Quatsch», sagte Bert, während er die Worte pinselte. «Der Platz gehört Quillinger. Denkst du, der gibt ihn freiwillig her?»
«Warum nicht?» meinte Hixe, die immer noch keine Ahnung von menschlichem Eigentum hatte. «Wenn keine Autos mehr da sind? Ich verwandle ihn einfach in eine grüne Wiese. Hix!»
Gleich darauf schickte sie ein schrilles «verbibster Mist» in die Nacht. Denn kein einziges grünes Hälmchen war zu sehen.
«Siehst du», sagte Bert. Aber Hixe wollte sich diesen Abend nicht verderben lassen. Sie dachte an die Kinder, die auch ohne Rasen hier herumtoben konnten, und vor Freude schwang sie sich auf ihren Besen. Unter lautem «Hui! Hui!» drehte sie fünf Runden über der Stätte ihres Erfolgs.
Bert sah staunend zu. Schließlich passiert es nicht alle Tage, daß ein Junge dabeisein darf, wenn eine Hixe ihre Besenrunden dreht. Was allerdings den sogenannten Spielplatz betraf, machte er sich seine eigenen Gedanken. Er hatte Augen und Ohren und genug Verstand, um sich das Ende dieses Unternehmens vorzustellen. Auch Hixe würde früh genug dahinterkommen. Beinahe mitleidig sah er, wie sie neben ihm landete und glücklich ihre Zottelhaare schüttelte.
«Komm nach Hause», sagte er. «Sonst sind meine Eltern noch vor uns da.»
Durch die leeren Straßen gingen sie heim. Nur ein einziger Mensch begegnete ihnen, ausgerechnet ein Polizist. Als er in ihre Nähe kam, stieß er einen Schrei aus und fing an zu rennen.
«Ist er verrückt geworden?» wunderte sich Hixe.
«Wahrscheinlich», grinste Bert. «Kein Wunder bei deinem Anblick.»

«Verbibst noch mal», rief Hixe erschrocken und verwandelte sich schnell in die manierliche Luise Hauser zurück, vor der kein Polizist davonzulaufen brauchte. Aber es zeigte sich sowieso keiner mehr.

14. Kapitel

in welchem Hixe den Führerschein macht und eine Fahrbahn Wellen schlägt

Am nächsten Morgen um acht meldete Hixe sich in der Fahrschule. Sie hatte nur wenig geschlafen, und ihre Augen brannten. Aber trotz ihrer Müdigkeit fühlte sie sich zuversichtlich. Als der Fahrlehrer spöttisch fragte: «Nun, haben Sie nicht den Mut verloren?» sagte sie: «Mann, reden Sie kein Blech.»
Der Fahrlehrer warf Hixe einen giftigen Blick zu. Er hoffte, diese unmögliche Person würde durchfallen, und bedauerte, daß nicht er, sondern ein amtlicher Prüfer darüber zu entscheiden hatte.
Hixe konnte ihm seine Wünsche vom Gesicht ablesen. Von wegen, dachte sie. Du wirst dich wundern.
Bei der schriftlichen Prüfung ging alles gut. Hixe bekam einen Fragebogen mit fünfundzwanzig Fragen. Zum Beispiel: «Mit welcher Geschwindigkeit darf man in einer geschlossenen Ortschaft fahren: 100 Stundenkilometer? 50 Stundenkilometer? 80 Stundenkilometer?»
Die richtige Antwort mußte angekreuzt werden, und da an diesem Morgen weder die Buchstaben noch die Wände tanzten, setzte Hixe das Kreuz an die Stelle, wo es hingehörte: hinter die Zahl 50. Auch dic anderen Fragen beantwortete sie fehlerlos. Damit hatte sie den ersten Teil der Prüfung bestanden.
Hixe sah den Fahrlehrer, der ihr die Nachricht brachte, triumphierend an. Er lächelte süßsauer. «Jetzt noch die Prüfung am Steuer. In zehn Minuten. Viel Glück.»
«Okay, okay», sagte Hixe. «Keine Sorge.» Sie setzte sich hin und wartete. Ihre Augenlider wurden so schwer vor Müdigkeit, daß sie fürchtete, einzuschlafen. Dennoch: Die Fahrprüfung wäre sicher gut verlaufen, wenn an Hixes Nase nicht ein Tropfen gehangen hätte. Ein winziger Tropfen nur. Aber dieser Tropfen und das alberne Naseputzen trugen die Schuld an

dem, was nun geschah.
Naseputzen hatte Hixe schon immer für unnütz gehalten. Nur widerwillig war sie zu der menschlichen Sitte übergegangen, ein Taschentuch zu verwenden. Es steckte in ihrer rechten Jakkentasche. Als sie es herausholte, was fühlte sie da? Die Maxidoschachtel! Hixe vergaß, daß sie sich die Nase putzen wollte. Sie ließ den Tropfen in altgewohnter Hixenweise fallen. Maxido! dachte sie. Natürlich, Maxido! Das hilft mir! Maxido macht frisch und froh!
Und um wirklich munter zu werden, steckte sie vier Kügelchen auf einmal in den Mund.
Nach fünf Minuten war es so weit. Hixe wurde ans Steuer gerufen. Hinter ihr saß der amtliche Prüfer, neben ihr der Fahrlehrer.
«Name?» fragte der Prüfer und sah Hixe feindselig an. Mit gutem Grund, was ihn betraf. Vor einem halben Jahr hatte eine Frau mitten in der Prüfung die Vorfahrt nicht beachtet. Er war aus dem Auto geschleudert und schwer verletzt worden. Drei Monate mußte er im Krankenhaus liegen, mit Schmerzen am ganzen Körper. Seitdem witterte er in jedem Prüfling einen Gegner, der ihm nach dem Leben trachtete.
Hixe jedoch hatte keine Ahnung, an wen sie geraten war. «Hauser», sagte sie freundlich lächelnd. «Luise Hauser.»
«Fahren Sie los, Frau Hauser», befahl der Prüfer, und Hixe drehte den Zündschlüssel herum. Der Motor begann zu laufen. Sie löste die Handbremse, legte den ersten Gang ein, gab Gas. Mehr Gas, zweiter Gang, dritter Gang. Ruhig rollte der Wagen dahin. Hixe kuppelte, schaltete, bremste. «Links abbiegen», sagte der Prüfer. Hixe tat es genau nach Vorschrift. An den Ampeln wartete sie, bis grün kam, an jedem Stoppzeichen ließ sie den Verkehr vorbei. Sie ordnete sich ein, wechselte die Spur, sah durch den Rückspiegel, beachtete die Geschwindigkeit. Einparken, Wenden, Anfahren am Berg, alles gelang.
«Gut, gut», nickte der Prüfer erleichtert. «Sie scheinen es zu können. Rechts abbiegen und zur Fahrschule zurück.»

Die Straße war fast leer. Hixe fuhr im dritten Gang dahin. Dufte, dachte sie, jetzt kann nichts mehr schiefgehen.
Und kaum hatte sie das gedacht, fingen die vier Maxidotabletten an zu wirken. Irgend etwas in ihrem Kopf begann sich zu drehen. Die Häuser schwankten hin und her, die Fahrbahn schlug Wellen wie ein See, der weiße Trennstrich in ihrer Mitte verdoppelte sich. Hixe kniff ein Auge zu, aber sie sah trotzdem zwei Striche. Und was das Schlimmste war: Das Auto begann zu schlingern, als sei es ein schwimmender Kahn.
Hixe kurbelte krampfhaft am Lenkrad. Sie wußte nicht mehr, wo rechts und wo links war. Das Auto schlidderte auf die linke Fahrbahnseite – genau einem Lastwagen entgegen.
Hixe sah ihn auf sich zukommen, drohend wie ein gewaltiges Tier. Sie spürte es mit sämtlichen Hixennerven: Gefahr! Und sie reagierte so, wie es sich für eine Hixe gehört – mit Hix! Es war ein Hix aus tiefster Not, und es klappte: Das Auto hob sich in die Luft, sprang über den Lastwagen hingweg und landete wieder auf der Fahrbahn. Sehr sanft. Und sogar auf der rechten Seite.
«Mann», ächzte Hixe leise. Ans Lenkrad geklammert, fuhr sie weiter geradeaus. Ihr Kopf war wieder klar. Die Häuserwände hatten aufgehört zu schwanken, die Fahrbahn warf keine Wellen mehr, aus dem Doppelstrich war ein einziger geworden. Nur schlapp fühlte sie sich, so schlapp, daß sie eine Vorfahrtsstraße überfuhr und beim Abbiegen das Blinken vergaß. Weder der Prüfer noch der Fahrlehrer merkten es.
Der Prüfer nämlich – – nun, es läßt sich denken, wie dem Prüfer zumute war, als das Auto über den Lastwagen sprang. Er sah es mit eigenen Augen, er fühlte es am eigenen Körper, aber selbstverständlich glaubte er nicht daran. Daß ein Auto hüpfen konnte wie ein Känguruh, so etwas gab es nicht. Weil er es aber trotzdem gesehen und gefühlt hatte, meinte er, daß bei ihm eine Schraube locker wäre.
Ich bin verrückt geworden, dachte er entsetzt. Jetzt ist es passiert. Das kommt von diesem verdammten Beruf. O Himmel!

Beinahe hätte er geweint vor Kummer. Nur die Gegenwart des Fahrlehrers hinderte ihn daran. Er wußte ja nicht, daß der Fahrlehrer die gleichen Gedanken hatte. Beide, Prüfer und Fahrlehrer, waren für den Rest der Fahrt damit beschäftigt, an ihrem Verstand zu zweifeln, und beide wollten um keinen Preis, daß der andere etwas merkte. Hixe konnte ungestört ihre Fehler machen.
Vor der Fahrschule hielt sie an, stellte den Motor ab und zog die Handbremse fest. «Wir sind da», meldete sie.

Der Prüfer schreckte aus seinen Gedanken hoch. «Da? Wo? Ach ja, selbstverständlich. Sehr schön, Frau – wie war doch der Name – Hauser. Hier bitte.»
Er nahm den Führerschein, in den bereits Hixes Name eingetragen war, setzte seine Unterschrift darunter und gab ihn ihr. «Alles Gute. Fahren Sie immer so vorsichtig wie heute.»
«Klar», sagte Hixe schwach. «Okay.»
Mit wackelnden Knien ging sie in die Fahrschule und ließ sich auf einen Stuhl fallen.
«Na, haben Sie es geschafft?» fragten die Fahrschüler, die noch auf die Prüfung warteten. «Sind Sie denn nicht froh?»
Hixe hörte nicht hin. Sie konnte an nichts anderes als an den Lastwagen denken. Und wie sie über ihn hinweggesprungen war. Und was passiert wäre, wenn es nicht geklappt hätte. Und ob es beim nächstenmal klappen würde. Und wenn nicht – was dann? Sich selbst zwar hielt sie für ziemlich unsterblich. Aber Autounfälle waren für Hixen etwas Neues. Niemand wußte genau, was einem dabei passierte. Außerdem: Menschen waren nicht unsterblich, und Hixe mochte die Menschen. Sie wollte keinen von ihnen totfahren, keinen Erwachsenen, kein Kind, keinen einzigen.
Ihre Knie wackelten immer heftiger. Mechanisch griff sie nach der Maxidoschachtel.
«Könnten Sie mir nicht auch eine Tablette geben», bat die Frau, die neben ihr saß. «Ich habe solche Kopfschmerzen.»
«Wieviel? Zwei? Drei?» fragte Hixe.
«Um Himmels willen! Nur eine! Sonst wird mir schwindelig.»
«Schwindelig?» Die drei Silben trafen Hixe wie ein Schlag vor den Kopf. «Schwindelig? Von zwei Tabletten?»
«Natürlich. Ihnen etwa nicht?»
Hixe nickte. «Doch. Mir auch. Ich habe . . .» Sie wollte sagen, daß sie in den vergangenen Tagen mindestens sechzig geschluckt hätte. Aber sie ließ es sein. Ohne ein weiteres Wort stand sie auf und ging. Denn plötzlich hatte sie begriffen, warum die Buchstaben getanzt, die Wände geschwankt und die

Fahrbahn Wellen geschlagen hatten. Vor dem verflixten Maxido!

Verbibster Mist, dachte sie erbittert. «Maxido macht frisch und froh», sagen die Affen im Fernsehen. Glatter Betrug. Und ich schlucke das Zeug haufenweise. Verbibster Mist!

Vor sich hinschimpfend, schloß sie ihre Wohnung auf. Es wurde ihr immer klarer, was die Ereignisse dieses Vormittags bedeuteten: Sie hatte zwar den Führerschein in der Tasche, aber er nützte ihr gar nichts. Um fahren zu können, brauchte sie ein Auto, um ein Auto zu kaufen, brauchte sie Geld. Woher sollte sie es nehmen? Verdienen konnte sie nie soviel, selbst wenn sie noch hundert Jahre Hausmeisterin blieb. Und Klauen kam nicht mehr in Frage. In einem Auto, das sie mit geklautem Geld bezahlt hatte, würde sie vor Bauchschmerzen nicht geradeaus gucken können, und kein Maxido konnte ihr helfen. Denn Maxido machte schwindelig. Mit Maxido brachte sie rechts und links durcheinander und fuhr entgegenkommenden Wagen auf die Kühler. Nein, Hixe wußte es klipp und klar: Kein Auto. Nie und nimmer ein Auto. Der Traum war aus.

Nicht nur der Autotraum. Auch mit den nächtlichen Beutezügen war es vorbei. Und was sie zusammengeholt hatte – weg damit. Jedes Stück verursachte Bauchschmerzen, und Bauchschmerzen ohne Maxido . . .

Mitten in Hixes kreisende Gedanken platzte Bert.

Komm mit», sagte er. «Los! Schnell!» Es klang so dringlich, daß Hixe ohne zu fragen folgte. Bert lief in die Richtung, in der Quillingers Autoplatz lag. Oder vielmehr der neue Spielplatz. Hixe hatte den ganzen Vormittag nicht daran gedacht. Jetzt, als er ihr wieder einfiel, wurde ihr ein bißchen wohler. Ganz war es mit ihrer Hixerei doch nicht schiefgegangen. Mit Quillingers Autos hatte es geklappt, und wenn es einmal geklappt hatte, warum sollte es in Zukunft nicht häufiger klappen? Vielleicht, wer weiß, vielleicht konnte sie Krecks doch noch helfen? Der Führerschein, das Auto – es kam ihr plötzlich nicht mehr so wichtig vor. Auch auf den Kaufhauskram konnte sie verzichten. Aber Quillinger besiegen, für die Menschen, die sie gern hatte, etwas tun, das lohnte sich. Und den Anfang hatte sie geschafft.

Es dauerte nicht lange, da wußte sie Bescheid: Auch das war ein Irrtum.

15. Kapitel

in welchem Hixe verhaftet wird und Bert Kreck etwas tun soll

Die Straße vor Quillingers leerem Grundstück wimmelte von Menschen. Dicht gedrängt standen sie herum, diskutierten und sahen den Polizisten zu, die sich auf dem Platz zu schaffen machten.
«Was tun die denn hier?» fragte Hixe einen Mann.
«Die Polizisten? Na, wissen Sie das denn nicht? Hier war über Nacht eine Bande am Werk. Sämtliche Autos gestohlen! Und überhaupt keine Spuren! Schlaue Burschen müssen das sein.»
«Komische Vögel», sagte ein anderer. «Der Platz soll ab jetzt den Kindern gehören, haben sie auf die Baracke geschrieben. Was die sich wohl denken! Der Quillinger hat einen Tobsuchtsanfall gekriegt. ‹Spielplatz!› hat er geschrien. ‹Spielplatz! Spielplatz!›»
«Na, das mit dem Spielplatz ist ja bloß ein Witz», meinte eine Frau. «Eher geht doch die Welt unter.»
«Warum denn?» mischte Hixe sich ein. «Wenn alle Autos verschwunden sind . . .»
Die Leute musterten sie erstaunt. «Sie glauben wohl an Wunder, was?» fragte die Frau. «Der Platz ist doch Quillingers Eigentum.»
«Und die Autos sind bald wieder da», fügte jemand hinzu. «Die haben sie nämlich schon gefunden. Auf dem Fußballplatz! Möchte bloß wissen, wie die dorthin gekommen sind. Könnte direkt Hexerei sein. Unkosten hat der Quillinger keine. Zahlt alles die Versicherung.»
Hixe hörte zu, und wieder bekam sie eine Wut. Heiß und würgend stieg sie in ihr auf, mindestens so gewaltig wie die Wut vom Abend zuvor. Und ausgerechnet jetzt öffnete sich die Barackentür, Quillinger trat heraus. Hinter ihm ging der Mechaniker, einen Farbtopf in der Hand. Quillinger zeigte auf die

Wand, und der Mechaniker begann, die weiße Inschrift zu überpinseln. Das Wort «Rache» verschwand zuerst.
Hixe sah, wie auch der Rest ihres Werkes vernichtet wurde. Sie vergaß alle Vorsicht. Mit ein paar Ellenbogenstößen drängte sie sich durch die Menge, rannte auf den Mechaniker zu und entriß ihm den Pinsel. «Die Worte sollen stehenbleiben!» schrie sie mit schriller Hixenstimme. «Das hier soll ein Platz für Kinder werden! Rache an Quillinger! Leute, laßt euch . . .»
Es war ohne Sinn und Verstand, was sie tat. Es nützte auch gar nichts. Ein Polizist packte sie und hielt sie fest.

«Das ist öffentlicher Aufruhr», erklärte er. «Sie sind verhaftet.»
Gleichzeitig stand Quillinger neben ihr. «Die gehört dazu!» rief er. «Diese Person war mir schon immer verdächtig. Die hat sich hier eingeschlichen. Die gehört zur Bande. Die . . .»
«Beruhigen Sie sich, Mann», fiel ihm einer der Polizisten ins

Wort. «Gehen Sie zu meinem Kollegen und machen Sie Ihre Aussagen. Und Sie kommen mit.»

Damit war Hixe gemeint. Zwei Polizisten nahmen sie in die Mitte und führten sie zum Polizeiauto. Sie taten es in Eile, denn die Menge johlte und pfiff, teils für, teils gegen Hixe.

«Recht hat sie!» schrie eine Frau. «Recht hat sie.»

«Spielplatz! Spielplatz! Spielplatz!» fingen ein paar junge Leute an zu rufen, und viele stimmten in den Chor ein. Aber es war auch ein Mann da, der «Gangster-Oma!» schimpfte, worauf sich sofort ein neuer Chor bildete, der «Gangster-Oma! Gangster-Oma!» grölte. Es begann nach einer Massenprügelei zu riechen.

«Los, los», drängten die Polizisten. «Weg von hier.» Einer setzte sich ans Steuer, der andere mit Hixe nach hinten. Hixe sah noch, wie Polizisten zwischen die Menschen liefen und «Auseinandergehen! Nach Hause gehen!» riefen. Für einen kurzen Augenblick sah sie Bert, der versuchte, sich aus der Menge herauszuboxen.

Das alles war schneller geschehen, als Hixe denken konnte. Sonst hätte sie sich vermutlich sofort unsichtbar gemacht. Aber in dem Durcheinander dachte sie nicht daran.

«Wer sind Sie?» fragte der Polizist neben ihr. «Ihren Ausweis!»

«Ausweis? Was ist das?» In ihrer Aufregung hatte Hixe sogar vergessen, was ein Ausweis ist.

«Na, Sie machen mir Spaß», meinte der Polizist. «Ausweis! Paß! Noch nie gehört, was?»

«Doch! Natürlich!» rief Hixe. «Er steckt in meiner Handtasche, und die liegt auf meinem Bett. Ich bin Hausmeisterin bei Herrn Quillinger in der Neuburger Straße.»

«Na, dann wollen wir uns in Ihrer Wohnung mal ein bißchen umsehen», meinte der Polizist. «Wenn wir da nichts Interessantes finden, freß ich einen Besen.»

Bei dem letzten Wort wurden Hixes Gedanken wieder klar. Ihr Besen! Sie hatte ihren Besen in der Wohnung gelassen. Bevor die Polizisten alles durchwühlten, mußte sie ihn holen.

Hixe wartete, bis das Auto an einer Ampel hielt. Mit einem Hix löste sie sich für die Polizistenaugen in Luft auf. Gleichzeitig öffnete sie die Tür, sprang aus dem Auto und rannte davon.
Der Polizist, neben dem Hixe gesessen hatte, starrte verdutzt auf die offene Tür. «Das – das – das geht nicht mit rechten Dingen zu», stammelte er. «Nicht mit rechten Dingen – nicht mit rechten . . .»
«Blödsinn!» schrie sein Kollege dazwischen. «Du hast geschlafen, du Esel! Oder willst du mir was von Hexerei erzählen?»
Sie fingen an, sich zu streiten und übersahen dabei, daß die Ampel von rot auf grün schaltete. Erst als hinter ihnen ein Hupkonzert dröhnte, kamen sie wieder zu sich.
«In die Neuburger Straße!» rief der Fahrer. «Dort wohnt das Weib.» Er brauste los. Als Hixe ihre Wohnung betrat, hielt auch das Polizeiauto vor dem Haus. Sie nahm den Besen und stellte sich – immer noch unsichtbar – in eine Ecke. Ihre Wohnungstür hatte sie gleich offengelassen.
Die beiden Polizisten stürzten hinein. Derjenige, dem Hixe entwischt war, sah die Handtasche auf dem Bett liegen und holte den Ausweis heraus. «Nun guck dir das an!» rief er. «Glatte Fälschung! Da scheinen wir ja einen fetten Fisch an der Angel zu haben.»
«An der Angel?» Der andere lachte höhnisch. «Hast du ihn etwa an der Angel? Sieh dir lieber das hier an.» Er zeigte auf Hixes Warenlager. «Sogar die Preisschilder sind noch dran. Das müssen wir überprüfen lassen. In den letzten Tagen sind Kaufhausdiebstähle gemeldet worden. Na, ich bin gespannt, was der Chef dazu sagt, daß dir die Person durch die Lappen gegangen ist.»
«Ich finde sie!» jammerte sein unglückseliger Kollege. «Und wenn ich Tag und Nacht suche. Ich kriege das Weib!»
Da kannst du lange suchen, dachte Hixe in ihrer Ecke. Viel Vergnügen!
Sie wartete, bis die Polizisten fertig waren. Dann setzte sie sich in den Hausflur. Leute kamen und gingen, lauter Leute, die sie im Lauf der Zeit kennengelernt hatte: Frau Humbacher, deren

Monika beim Spielen auf der Straße überfahren worden war. Frau Mayer mit den vier Kindern und der neuen Wohnung. Herr Mittelstedt, der seine kranke Frau pflegen mußte. Und nach einer Weile kam Bert.

«Hallo!» zischte Hixe.

«Na endlich!» rief Bert erleichtert. «Da bist du ja.»

«Pst!» machte Hixe. «Leise! Hier können wir nicht in Ruhe reden. Komm in den Stadtpark, irgendwohin, wo keine Leute sind. Lauf hinter mir her.»

«Mann, du bist doch unsichtbar», sagte Bert. «Ich muß vorangehen, nicht du.»

Er rannte los. Immer wieder blickte er sich unsicher um. «Bist du noch da?» rief er in regelmäßigen Abständen. Hixe gab keine Antwort. Bert wurde ärgerlich. Wollte sie zu dem kleinen Teich? Oder zu dem Geräteschuppen? «Mach doch keine Faxen», schimpfte er und stieß gleichzeitig frontal mit einem Mann zusammen.

«Au!» rief Bert, und der Mann bellte: «Was soll ich? Keine Faxen machen? Du wirst schon sehen, was für Faxen ich mache, du Bengel.» Mit einer Hand hielt er Bert fest, mit der anderen zielte er auf seine Backe. Es gab einen Knall, und wieder schrie jemand «Au!» Diesmal war es der Mann.

Die Hand hatte seine eigene Backe getroffen.

Ein paar Zuschauer fingen an zu lachen. «Verflixt», murmelte der Mann. «Verflixt noch mal, gibt's das?» Er war so durcheinander, daß er nicht merkte, wie Bert sich losriß und davonlief, quer über die Straße in den Stadtpark hinein.

Endlich hörte er Hixes Stimme neben sich. «Warum hast du denn nicht den Mund gehalten? Ich kann doch nicht antworten, mitten unter den vielen Menschen.»

«Nett, daß du mir geholfen hast», sagte Bert.

Hixe lachte. «Meinst du, ich lasse zu, daß so ein großer Kerl dich prügelt? Ich bin bedient von all diesen Quillingers.» Immer noch unsichtbar, ging sie neben Bert her. Erst bei einem kleinen Teich am Ende des Parks, wo man sich hinter dichtem Gebüsch verstecken konnte, kam sie wieder zum Vorschein,

aber nicht als Luise Hauser. Mit dem rotweiß gepunkteten Rock, mit dem Besen in der Hand, mit dem Zottelgesicht und den beiden schwarzen Schneidezähnen im Grinsemund stand sie als Hixe da.
«Du hast die falsche Haut angezogen», sagte Bert. «Wenn jemand kommt, fällt er in Ohnmacht. Schnell, hix dich um.»
Hixe schüttelte den Kopf.
«Luise Hauser werde ich nicht wieder. Das ist vorbei.»
«Wegen der Polizisten?» fragte Bert und begann, mit der Schuhspitze Kreise in den Sand zu malen. «Na ja, die suchen dich natürlich. Und das Walroß holt sie sofort, wenn du wieder auftauchst. Aber du kannst doch eine neue Gestalt annehmen. Flieg heute nacht ins Einwohnermeldeamt, besorg dir einen anderen Paß, und dann . . .»
«Nein», unterbrach ihn Hixe. «Nein, nein, nein! Ich habe keine Lust mehr.»
«Keine Lust wozu?»
«Zum Menschsein», sagte Hixe. Sie setzte sich ins Gras, nahm ihren Besen zwischen die Knie und erklärte Bert, warum ihr die Lust vergangen war. Es wurde eine lange Geschichte, in der alles vorkam, was Hixe in den vergangenen Tagen bewegt hatte: die große Klauerei, die Bauchschmerzen, der Reinfall mit Maxido, der Führerschein und die Erkenntnis, daß sie sich kein Auto kaufen konnte.
«Schließlich bin ich doch ein Mensch geworden, um Auto zu fahren», sagte sie.
«Wir haben auch kein Auto», sagte Bert. «Man braucht gar keins. Es gibt eine Straßenbahn – und Busse . . .»
Aber Hixe ließ sich nicht beirren. «Es ist ja nicht allein das Auto. Es sind auch all die anderen schönen Sachen. Als Hixe brauche ich sie nicht, aber als Menschenfrau will ich sie haben. Zum Kaufen hab' ich kein Geld – vom Klauen bekomme ich Bauchschmerzen – von Maxido wird mir schwindelig. Nein, ich mag kein Mensch sein. Ich mag mir nicht die Nase an den Schaufenstern plattdrücken.»
Bert sah sie ratlos an. «Meine Mutter drückt sich doch auch die

Nase platt. Die meisten Leute tun es. Deswegen willst du wegrennen?»

«Nicht bloß deswegen», sagte Hixe. «Euer ganzer Menschenkram paßt mir nicht. Daß einer dem anderen das Geld aus der Tasche zieht. Daß ihr Angst haben müßt vor Quillinger. Daß deine Mutter sich halbtot arbeitet, bloß um die Miete zu zahlen. Daß Zank und Streit ist wegen dem verbibsten Geld. Daß Garagen auf den Hof kommen und die Kinder nicht wissen, wo sie spielen sollen, und die kleine Monika Humbacher auf der Straße überfahren worden ist . . .»

Bert kratzte immer heftiger mit der Schuhspitze im Sand. «Bleib doch da», sagte er. «Vielleicht kannst du uns doch noch helfen.»

«Helfen? Ich euch helfen? Aber das ist doch das Allerschlimmste: Meine ganze Hixerei war für die Katz. Ich hab's doch immer wieder probiert. Gegen die Mieterhöhung konnte ich nichts machen, und mit dem Platz für die Kinder ist es auch

nichts geworden. Die Leute prügeln sich, mich hat die Polizei mitgenommen, und Quillinger lacht sich ins Fäustchen.»
Sie dachte an ihre schiefgegangenen Versuche und schüttelte den Kopf. Nein, eine Hixe war machtlos im Reich der Menschen. Quillinger zu Boden zu schicken, das war das einzige, was sie fertigbrachte. Doch er stand wieder auf und brüllte nur noch lauter.
«Ich kann euch nicht helfen. Das müßt ihr selbst tun.»
«Wie denn?» fragte Bert.
«Weiß ich doch nicht. Das ist eure Sache. Denk nach, vielleicht fällt dir etwas ein.»
«Ich bin doch bloß ein Junge», sagte Bert.
«Aber du wirst mal ein Mann. Und wenn du ein Mann bist, dann kannst du etwas tun.»
«Ich? Warum gerade ich?»
«Frag nicht so dämlich», sagte Hixe. «Warum denn nicht du? Gerade du! Such dir Freunde, die mitmachen. Strengt euch an. Und wenn ihr etwas Vernünftiges zustande bringt, probier' ich es vielleicht doch noch mal.»
«Was?»
«Ein Mensch zu werden. So, jetzt zisch' ich ab. Na, der Oberhix wird Augen machen. Auf Wiedersehen, Bert! Halt die Ohren steif! Hui! Hui!»
«Hixe!» rief Bert. «Hixe! Nicht so schnell.»
Er wollte ihr noch etwas sagen, viel sagen, lauter wichtige Dinge, über sich und über die Menschen und überhaupt. Aber dort, wo Hixe eben gestanden hatte, sah er nichts als leere Luft.

16. Kapitel

in welchem Hixes Beine wieder im Waldsee baumeln und die Geschichte aus ist

Der Oberhix lag unter seinem Lieblingsbaum am Waldsee und guckte in die Wolken. Es war dasselbe, immer dasselbe. Die eine Wolke sah aus wie eine Kuh, die nächste wie ein Haus, die dritte wie ein Kopf. Der Oberhix fand es langweilig.

Er schloß die Augen und dachte an die schöne Zeit mit Hixe. Das waren Tag für Tag seine Einschlafgedanken. Hixe mit ihren vielen Neuigkeiten. Aus der Zeitung hatte sie ihm etwas vorgelesen – aus der Zeitung . . .

Der Oberhix schaukelte sanft in den Schlaf hinein. Er gähnte noch einmal laut und öffnete dabei seine Augen einen Spalt breit. Da entdeckte er etwas: eine Wolke, die wie Hixe aussah. Sie kam näher, immer näher. So ein schöner Traum . . .

«Hixe!» schrie der Oberhix und fuhr in die Höhe. Denn die Wolke war keine Wolke und der Traum kein Traum. Hixe kam leibhaftig angeflogen.

«Hier bin ich!» sagte sie. «Und damit du es gleich weißt: Ich bleibe bei dir.»

«Für immer?» fragte der Oberhix ungläubig und machte vor Überraschung sein allerdämlichstes Gesicht.

«Kann sein», sagte Hixe. «Weißt du übrigens, was ein Prala – – – ein Parma – – verbibst, ein Parlament ist? Paß auf!»

Doch der Oberhix konnte nicht aufpassen. Er war viel zu glücklich. Er mußte auf seinen Besen steigen und um die Bäume herumsausen, sonst wäre er geplatzt vor Freude. Das wiederum machte ihn so hungrig, daß er zwei große Portionen Gulasch nicht nur hixte, sondern auch aufaß. Und weil er vom Essen müde wurde, legte er sich wieder unter seine Tanne und schlief.

«Trottel», sagte Hixe. Sie griff nach der Zeitung, die sie im Vorüberfliegen mitgenommen hatte – weswegen es in ihrem

Bauch etwas piekte –, ließ die Beine im Waldsee baumeln und las.
Und während sie dort sitzt und liest und mit den Beinen im Wasser baumelt, verschwindet sie aus der Geschichte, und die Geschichte ist aus. Denn es ist Hixes Geschichte, die Geschichte von Hixe und dem Führerschein, die Geschichte von Hixes Aufenthalt bei den Menschen und ihrer Rückkehr in den Wald. Was die Leute in der Stadt nach ihrem Verschwinden gemacht haben, weiß diese Geschichte nicht. Ob Krecks noch in ihrer Wohnung wohnen? Ob das Walroß die Miete weiter erhöhen darf? Ob die Polizei bei ihren Nachforschungen etwas herausfinden konnte? Ob Bert geschwatzt oder geschwiegen hat? Fragen, Fragen, Fragen. Wer unbedingt eine Antwort haben will, muß sie selber suchen. Leute wie Krecks gibt es überall. Walrösser gibt es überall, fast alles gibt es überall, nur Hixen gibt es nicht überall. Eine Hixe gibt es einzig und allein in dieser Geschichte. Und die Geschichte ist aus.

Noch sieht Timo den Ferien in einem kleinen Moordorf eher gelangweilt entgegen. Er kennt die rothaarige Lydia und Tante Mimi kaum. Bei der Tante, in der behaglichen Küche, fühlt sich Timo schnell heimisch, obwohl hinter dem Herd ein Geist wohnen soll . . . Aber warum ist Lydia so feindselig? Warum stellt sie ihn draußen im Moor auf eine gefährliche Probe?
Band 429

Der Hansi wohnt auf einem richtigen Bauernhof mit vielen Tieren. Und da passiert schon so einiges. Mal fährt er mit dem Bulldog zum Grasschneiden, und danach ist seine Lieblingskatze verschwunden. Oder er erlebt, wie ein Kalb zur Welt kommt. Doch auf dem Dorf gibt's nicht nur gute Luft – da stinkt auch mal was . . .
Band 332

Wer liebt ihn nicht, Charlie Chaplin, den Clown. Viele Kinder kennen seine Filme, sehen sie mit ebensoviel Begeisterung wie schon ihre Eltern. Margret Steenfatt erzählt, wie aus dem Londoner Straßenjungen Charlie, der sich mit Mutter und Bruder mühsam durchschlug und schon mit fünf Jahren zum erstenmal auf der Bühne stand, der große Künstler Charlie Chaplin wurde.
Band 351

Tinas Eltern haben einen kleinen Jungen aus Südamerika geholt. Wie geht man mit einem neuen Bruder um, der noch kein Wort Deutsch versteht? Tina ahnt, daß sich jetzt zu Hause manches ändern wird. Die Sache mit dem Bastelzimmer ist nur der Anfang . . . Band 338

Ein Unugunu stinkt. Die Wolken, die es ausbläst, brennen im Hals und in den Augen. Aber giftig ist es nicht. Es ist eigentlich nur ein aufgeblasener Popanz, und es kann einem gar nichts anhaben. Man darf sich aber nur nicht mit ihm einlassen, und irgendwer muß ihm rechtzeitig einen Tritt geben. Wem irgendwann einmal ein Unugunu begegnet, der weiß jetzt Bescheid.
Band 269

Xanderl ist ein Kann-Mensch, wie sein Vater sagt: einer, der eine Sache so oder so machen kann. Das ist eine große Verantwortung und eine tolle Möglichkeit, denn es macht stark. Und Stärke kann Xanderl gebrauchen, denn sonst würden ihn die Ungerechtigkeiten mancher Lehrer und Freunde verrückt machen. Band 295

Jonni hat Kummer. Er ist von Norddeutschland nach Süddeuschland umgezogen. Alles sieht anders aus, die Sprache ist kaum zu verstehen, und Freunde wird er hier nie finden. Aber dann gründet Jonni eine Bande, und da verfliegt sein Kummer langsam. – Eine Situation, die viele Kinder schon erlebt haben und nachvollziehen können.
Band 419/ab 8 Jahre

rotfuchs Krimis und Detektivgeschichten

Zwei Tage vermissen Hanna und Kerstin ihre Katzen schon. Hat da vielleicht jemand seine Hände im Spiel, der Katzen verkauft an Leute, die Tierversuche machen? Die Kinder sind auf der richtigen Spur – aber sie müssen ihren Verdacht beweisen . . .
Band 344/ab 10 Jahre

Die Sache im Stadtpark fing eigentlich ganz harmlos an. Weder Jochen noch die anderen Jungen, die da mit Kathinka herumtobten, ahnten, daß ihr Spiel so ernste Folgen haben würde. Ehe Kathinka noch recht weiß, wie ihr geschieht, sitzt sie auf dem Polizeirevier, und die Vernehmungen beginnen.
Band 286 / ab 13 Jahre

Zwei Geschwister und deren Freunde gründen einen Detektivklub und wollen als erste große Tat die Großmutter aus dem Altersheim befreien, weil die alte Frau dort langsam seelisch verkümmert. Ein geheimnisvoller Plan wird ausgeheckt, und die Aktion Großmutter endet, wie es keiner erwartet hat. Außer der Großmutter selbst.
Band 317 / ab 8 Jahre

In einem Großstadtviertel werden nacheinander mehrere Raubüberfälle verübt. Rolf versucht, den Täter und seine Beweggründe herauszufinden. Den Hintergrund für diesen Krimi bildet das Automatenglücksspiel mit seiner Anziehungskraft auf Jugendliche. Band 439/ ab 12 Jahre

In diesem Buch gibt es nur eine Leiche, und das ist eine dumme Gans. Aber Müllmänner und Füchse geraten in Verdacht und Bürgermeister und Hasen in Teufels Küche. Einem Türmer fällt die Ladenkasse vom Fahrrad und ein Kommissar Tante Herta auf die Nerven.
Band 409/ab 9 Jahre

Warum heißt Matthias Schmidt, 14 Jahre alt, bei seinen Freunden seit neuestem Hasan Schmidt? Alles fing damit an, daß Matthias sich ein bißchen Taschengeld verdienen wollte. Allerdings stellt er dabei schnell fest, daß sein Job nicht ganz harmlos ist. Plötzlich ist die Polizei hinter ihm her. Ausgerechnet Türken verstecken ihn . . .
Band 360 / ab 13 Jahre

Gedankenlosigkeit, ein mißratener Jux oder eine Notlüge: Scheinbar belanglose Situationen sind es, aus denen kriminelle Taten entstehen können. Für spannende Unterhaltung garantieren so bekannte Autoren wie: Patricia Highsmith, Doris Jannausch, Bernd Küsters, Hansjörg Martin u. a.
Band 367 / ab 12 Jahre

C 2289/1

Wer Uli und Rike schon kennt, der ahnt, was alles passieren kann, wenn die beiden in die Schule kommen. Brav und höflich sind sie schon, lieb und ordentlich auch, und frech und ungezogen, listig und faul und böse und ganz unmöglich – diese Lausemädchen. Band 424

Freude am Lesen sollen die vier spannenden Geschichten wecken, die der Schulpsychologe Rudolf Müller schrieb. Die dreizehnjährige Irene Müller zeichnete dazu viele Bilder. Den Kindern helfen: Große Schrift, große Wort- und Zeilenabstände, einfache und häufig wiederkehrende Wörter, kurze Sätze, wörtliche Rede in Sprechblasen. Band 313
Für Kinder mit Leseschwierigkeiten

Jakob ist ein Albatros, und diese Vogelsippe empfindet ihre Flügelspannweite wie eine Art Adel, und der verpflichtet. Wer in einer bestimmten Zeit nicht fliegen kann, wird vom Felsen geschubst. Jakob ist so ein Unglücksvogel - doch es geht ihm trotzdem gut, nur seine Artgenossen müssen es endlich einsehen. Band 386

Eine neue Folge mit sieben spannenden Geschichten, dazu viele Bilder, die die Texte ergänzen und die Personen charakterisieren. Band 352
Für Kinder mit Leseschwierigkeiten

Siebzehn Kinder erzählen von ihren Erlebnissen in den Ferien und in der Schule, von dem, was ihnen in der großen Stadt und beim Autofahren begegnet ist. Ein Geschichtenbuch, in dem Kinder sich und ihre Umwelt wiedererkennen. Band 347

Es ist schlimm, wenn man gleich in der ersten Klasse, am ersten Schultag, in der ersten Stunde einen Spitznamen verpaßt kriegt! Jenny und Peter sind zuerst furchtbar böse und versuchen sich zu wehren. Das geht fast schief, aber am Schluß haben sie allen Grund, sogar stolz zu sein. Band 406

Ivan, auch Gummi-Tarzan genannt, ist nicht besonders groß, hat dünne, weiße Arme und so gut wie gar keine Muskeln. Von den anderen Jungen bezieht er deswegen oft Prügel und Hosenwasser. Als ihm eines Tages eine Hexe einen Wunsch gewährt, stellt Ivan vierundzwanzig Stunden lang alle Begriffe auf den Kopf. Band 408

C 2292/1

rotfuchs Spiele- und Beschäftigungs-bücher

Eine Kiste für junge Krimi-Fans, randvoll mit kleinen Gaunereien, großen Ganoven, Gangstern und Geheimnissen, Lug und Betrug. Verpackt mit vielen Kurzkrimis, Ratekrimis, Comics und Bildgeschichten. Riecht schwer nach Spannung und Unterhaltung – auch ohne Gewalt und Blutvergießen!
Band 409

Über 200 Seiten mit Witzen, Reimen, Rätseln, lustigen Geschichten und vielen, vielen Bildern. Die Witzekiste ist keine Mottenkiste. Zwar sind gute alte Witze dabei, aber vor allem neue: zum Schmunzeln, Leiselachen, zum Lautlachen, amüsierten Nachdenken. Tip: nicht mehr als zehn Witze nacheinander lesen. Sei der elfte noch so stark, er bringt dich nicht mehr zum Lachen. Band 253

Wird's in einem Kinderzimmer mucksmäuschenstill, dann sind die Kronenklauer drin. Dieses Buch kann man nämlich nicht nur lesen und anschauen. – Man kann vertauschte Bilder richtigstellen, reimen, falzen, Bilder ausmalen, neue zeichnen und sogar mit der Schere drin herumschnippeln.
Band 448

Kriminalkommissar Siegfried Knack ist Rätseln auf der Spur. Auf über 200 Seiten knobelt, drudelt, rätselt und rät der findige Kommissar. Die Witwe Simon hilft ihm bei seiner kniffeligen Beschäftigung. Gemeinsam knacken sie alle Rätselnüsse. Die leichten mit der linken Hand. Die schweren zähneknirschend. Am liebsten aber die lustigen. Denn bei diesem Rätselbuch darf auch gelacht werden.
Band 290

Zuerst lachen alle über Till, weil keiner es glauben kann. Aber dann entsteht nach und nach auf einem vorher ganz unnützen Plätzchen im Garten ein wunderschöner Teich – Treffpunkt für Fisch und Frosch und Wasserfloh, und den hat Till (fast) ganz allein angelegt. Band 411

In dieser «Zauberkiste» stecken: Knalltüten und Schmuggelkarten, hüpfende Armreifen und haarige Sachen, spielende Gaukler und kochende Hexen, eine Leseratte, ein Bücherwurm und noch viele äußerst geheime Geheimnisse. So wie ein echter Zaubermeister Tauben und Kaninchen aus dem Hut holt, so kann der Zauberlehrling mit ein wenig Simsalabim alles aus der Kiste zaubern.
Band 319

Alle reden vom sauren Regen, von Recycling, Biobrot, von Sonnenenergie und Windkraft. Aber wer weiß wirklich Bescheid? Mit über 100 Tips und Tricks, Rezepten, Bauanleitungen und Experimenten, meist nur für wenig Geld, mit Dingen, die es in jedem Haushalt gibt – und mit ein wenig Neugier natürlich – kommen wir hier der Natur auf die Spur.
Band 376